케빈과 민트초코의 나인

케빈과 민트 우쭈의 나인

K W m m S

크리스티안 링커 지음 · 전은경 옮김

푸른숲주니어

차례

☆ '웜홀'에 빠지기 전 미리 알아 두면 좋은 용어들 ☆

상대성 공간 평행 우주로 이동하기 위해 웜홀에 들어가려면 지나야 하는 준비 공간. 모든 색깔을 동시에 볼 수 있으며, 시간이 정지된다는 특징이 있다.

슈뢰딩거의 고양이 오스트리아 물리학자 에르빈 슈뢰딩거(1887~1961)가 양자 역학의 오류를 지적하기 위해 만들어 낸 가상의 물리학 실험. 50%의 확률로 터지는 독극물 캡슐이 든 상자에 고양이를 넣어 두면, 1시간 뒤 고양이는 어떻게 될까? 살아 있거나 혹은 죽었을 것이다. 이 실험에 착안해, 상자를 여는 순간 '고양이가 살아 있는 우주'와 '고양이가 죽은 우주' 두 개로 분화한다는 가설이 생겨나기도 했다. 이 책에서는 해당 가설을 바탕으로 이야기가 전개된다. 참이거나 거짓이거나……. 아니, 어쩌면 이 책을 여는 순간 두 세계가 동시에 생겨날 수도.

웜홀 서로 다른 공간을 이어 주는 가상의 통로를 일컫는 물리학 용어. 사과의 겉면을 따라 이동하는 것보다, 벌레가 파먹은 구멍을 따라 이동하는 게 훨씬 더 시간이 절약된다는 데서 붙은 이름이다. 수학적으로는 웜홀을 통과하는 게 가능하다. 여기서는 평행 우주 사이를 여행하는 통로로 그려진다.

크라소미터 누가 만들었는지는 밝혀지지 않았지만, 평행 우주를 찾아내는 유일한 도구이다.

크립토포트 '숨겨진 공항'이라는 뜻이며, 웜홀로 통하는 공간이다. 누가 어떻게 만들었는지는 모른다.

패러포트 '평행 공항'이라는 뜻이다. 평행 우주로 갈 수 있는 웜홀로 이어진다. 역시 누가 어떻게 만들었는지는 아직 밝혀지지 않았다.

평행 우주 동일한 모습으로 시간까지 공유하는 수없이 많은 우주. 대부분 비슷한 세계지만, 세부적인 요소들이 조금씩 다르다. 이 책에서는 크라소미터를 이용해 80여 개의 평행 우주를 찾아낸다.

평행 우주 위원회
특별 회의

13층은 온통 흥분에 휩싸였다. 간식 시간인 34시가 조금 지났지만, '커다란 초록색 나인(9)'은 다급하게 평행 우주 위원회 특별 회의를 소집했다. 방금 크라소미터가 새로운 우주를 발견했기 때문이다. 이 소식은 평행 우주 중개기인 폴리미터를 통해 초고속으로 퍼져 나갔다. 잠시 후 팔십여 명의 회원들이 잔뜩 긴장한 표정으로 각자의 탱탱볼에 앉아 몸을 이리저리 까닥였다.

돔형 유리 천장으로 치솟던 흥분 섞인 소곤거림은 커다란 초록색 나인이 강당에 들어서자마자 순식간에 사그라들었다.

나인의 모습은 이름과 달리 크지도 않았고 초록색도 아니었다. 밤하늘처럼 까만 피부에 키가 약 일 미터쯤 되는 레게 머리 여자아이였다. 특이하게도 입에 커다란 초록색 페퍼민트 파이프를 물고 있었다. 나인이 엄숙한 표정으로 입을 열었다.

"존경하는 동료 여러분……, 이건 정말 대박 사건이야! 음, 직접 보는 게 낫겠어. 교수, 발언할 차례야."

그러자 엄청나게 큰 안경을 쓴 남자아이가 탱탱볼에서 벌떡 일어났다. 교수의 안경알은 요란한 형광색인 데다 쉴 새 없이 회전하고 있어서 연설에 집중하기가 쉽지 않았다. 또 배에는 아코디언처럼 생긴 걸 메고 있었는데, 실제로는 옆으로 쭉쭉 늘어나는 컴퓨터였다. 교수는 연설 중간중간에 자판을 두드렸다.

"오케이, 이 우주는 여러 면에서 특이해. 약 이백여 개의 나라로 나뉘어 있는데, 어딘가는 항상 전쟁과 기아에 시달리지."

탄식 소리가 나직이 퍼져 나갔다.

"우린 '돈'이라는 교환 수단이 특정 역할을 하는 몇몇 세상을 이미 알고 있어. 하지만 이 우주에서 돈의 의미는 유별나게 큰 것 같아. 어떤 사람은 엄청나게 많은 돈을 갖고 있지만, 또 어떤 사람은 조금밖에 못 가졌거나 아예 없는 경우도 많아."

우우, 하는 야유 소리가 커졌다. 교수의 얘기를 듣고 하도 놀란 나머지, 손 네 개로 머리를 꼭 감싸 쥔 아이가 중얼거렸다.

"아유, 정말 암담한 우주네!"

교수가 고개를 끄덕였다.

"오케이, 크라소미터가 그곳에서 새로운 물질을 발견했어. 그 세계 사람들은 '초콜릿'이라고 부른다나 봐. 이 물질에 대해 더 알아봐야겠지만, 어쨌든 효과가 엄청나다고 해."

이번에는 사방에서 감탄하는 소리가 들려왔다.

"다른 것도 있어. 각자 폴리미터 화면 좀 봐."

평행 우주 위원회 회원들은 일제히 왼쪽 신발을 벗어서 밑창을 들여다보았다. 교수가 자판을 두드리자 신발 바닥에 어떤 장면이 가물거렸다. 화면이 점차 선명해지더니, 잠들어 있는 남자아이가 보였다. 꽤 뚱뚱한 체격이었는데, 놀랍게도 평행 우주 위원회 기호가 그려진 유니폼을 입고 있었다. 교수가 보고를 이었다.

"오케이, 크라소미터가 관계자 한 명을 찾아낸 것 같아. 모든 조건을 충족시키는 인물이지. 이름은 케빈."

"교수, 고마워."

나인이 교수에게 인사하고 주위를 둘러보며 말했다.

"자, 누가 케빈과 연락해 볼래?"

나인은 여전히 파이프를 부글대면서 신발을 신는 회원들을 둘러보았다. 하지만 아무도 대답하지 않았다. 그때 요란하게 화장을 한 인디오 아이가 소리쳤다.

"나중에 하면 안 돼? 간식 시간을 놓치고 싶지 않아서 그래."

"알았어, 알았다고! 내가 직접 나서지, 뭐."

나인이 투덜거렸다.

까짓거,
어차피 잃을 것도 없는데

김이 서린 버스 유리창에 손가락으로 그린 그림은 흡사 칫솔과 비슷해 보였다. 버스가 계속 흔들리는 바람에 칫솔이 일그러져 있었다. 사실은 지난밤에 이상한 꿈을 꾸었다. 침대 위 공중에 칫솔 하나가 떠다니면서 내 사진을 찍는 꿈이었다. 나는 톱니 모양의 플래시를 그리다가 불쑥 위를 올려다보았다. 다행히 이곳에서는 아무도 내 사진을 찍지 않았다. 아니, 쳐다보는 사람조차 없었다.

버스는 거의 텅 비어 있었다. 앞쪽 장애인 좌석에는 같은 건물 1층에 사는 슈뢰딩거 할머니가 앉아 있었다. 보행 보조기를 접어서 꽉 잡고 있었는데, 보조기는 모퉁이를 지날 때마다 위태롭게 흔들거렸다.

순간 할머니가 몸을 돌리더니 내게 윙크를 했다. 아마도 정류장에 도착해서 내릴 때 도와주기를 바라는 것 같았다. 맨 뒷좌석에 앉아서 큰 소리로 떠드는 남자애 세 명도 할머니를 도와줄 수 있을 텐데. 나는 김이 서린 유리창에 손가락으로 플래시를 마저 그렸다. 굵은 빗방울이 유리창을 타고 흘러내렸다. 칫솔이 날아다니던 지난밤 꿈이 다시금 떠올랐다.

버스가 마지막 모퉁이를 지나서 멈추자, 남자애 셋이 슈뢰딩거 할머니의 보행 보조기를 버스에서 내려 주고는 아무 말 없이 빗속으로 사라졌다. 할머니도 고맙다는 인사를 하지 않았다. 어쩌면 세 아이가 터키어로 떠드는 걸 듣고는 독일어를 하지 못할 거라고 생각했는지도 모른다. 할머니는 손가방에서 투명한 비닐 두건을 꺼내, 보라색이 섞인 잿빛 머리에 쓰고는 보행 보조기를 밀며 걷기 시작했다.

나는 김이 서린 버스 창문에 머리를 기댄 채 계속 앉아 있고 싶은 유혹을 느꼈다. 가까스로 마음을 다잡고 책가방을 챙겨 내리자, 등 뒤에서 버스 문이 쉿소리를 내면서 닫혔다.

또다시 윙크를 날리는 슈뢰딩거 할머니를 앞질러 핍스 진입로로 접어들었다. 이윽고 흐릿한 빗줄기 사이로 오래된 성곽처럼 언덕 위에 늘어선 고층 건물 세 채가 보였다. 여느 때와 마찬가지로 비바람에 이리저리 긁혀 낡아 빠진 안내판이 나를 반겼다.

"피펜브룬크 주택 단지에 오신 것을 환영합니다!"

누군가는 피펜브룬크가 우리 동네 이름이라고 넘겨짚을지도 모르겠다. 우습게도 백 년인가 육십 년 전에 이 고층 건물을 지은 건설 회사 사장의 이름이라고 한다. 나는 세 건물 중에서 제일 높은 12층짜리 가운데 건물에 산다. 건물이 세 채밖에 없는데도 내가 사는 건물은 4동이다.

원래는 언덕 저쪽에 건물을 더 지을 계획이었다나? 그런데 완공하기도 전에 피펜브룬크 사장의 회사가 망해 버렸다는 것이다. 남은 건물이 2동과 4동, 6동이다.

이곳에도 거리 이름이 있지만 아무도 사용하지 않는다. 누군가 나더러 어디에 사는지 물으면 핍스 4동에 산다고 대답한다. 그러면 대부분 알아먹는다. 핍스는 이 도시 전체에서 유명하니까.

나는 이 거리와 언덕이 무지 싫다. 중간까지 올라오면 항상 숨이 턱까지 차오른다. 빌어먹을, 버스는 왜 언덕까지 올라가지 않고 저 아래 공터에서 멈추는 거지? 엄마는 나더러 버스 대신 자전거를 타고 학교에 가라고 한다. 그러면 살이 빠질 거라나? 엄마는 말만 그렇게 할 뿐 새 자전거를 사 주지도 않는다. 나 역시 살을 뺄 마음이 전혀 없다.

비에 흠뻑 젖어 건물 입구에 도착하자, 나는 열쇠를 꺼내고 심호흡을 했다. 승강기에서는 늘 악취가 풍겼다. 무슨 냄새라고 딱 꼬집어 표현하기는 어려웠다. 톡 쏘는 듯한 냄새도 아니고 오물이나 땀 냄새도 아니지만, 뭔지 모르게 슬금슬금 스며드는 것 같은 이상한 냄새였다. 같은 건물에 사는 친구랑 승강기에서 숨을 쉬지 않고 누가 제일 오래 견디는지 내기를 한 적도 있었다. 7층에 사는 블라디가 10층까지 숨을 참는 최고 기록을 세웠다. 블라디는 이미 열다섯 살인 데다 몸집도 무척 커서 공기를 한 번에 엄청 많이 저장할 수 있을 터였다.

나도 중간에 승강기가 서지만 않는다면 6층까지는 숨을 꾹 참을 수 있다. 뭐, 우리 집이 6층이니까 그것만으로도 충분한 셈이다. 그런데 오늘따라 승강기에 들어서는 순간, 숨이 턱 막혀 버리는 느낌이 들었다. 승강기 안쪽 벽에 종이 한 장이 붙어 있었는데, 거기에 '케빈'이라고 내 이름이 쓰여 있었기 때문이다.

나를 무진장, 정말정말, 엄청나게 싫어하지 않는 한 아무도 나를 케빈이라고 부르지 않는다. 엄마는 '생쥐 케비'라고 부르고, 재키 누나는 '머리통'이라고 부른다. 내가 책을 많이 읽어서 잘난 척하는 데다 말이 많기 때문이라는데……. 이건 전혀 사실이 아니다. 누나는 너무 멍청해서 금붕어가 더 똑똑하다는 생각이 들 정도다.

친구들이 흔히 부르는 이름은 '케비'이다. 아주 멋진 이름이라고 생각하지만, 유감스럽게도 친구가 많지 않아서 자주 듣지는 못한다. 그러니 이 쪽지를 붙여 둔 사람이 원하는 건 단 한 가지, 내 오후를 망치려는 의도뿐이다.

6층을 누르자 문이 닫히고 승강기가 움직이기 시작했다. 나는 쪽지를 무시하기로 했다. 누군가 나를 약 올릴 때마다 엄마가 늘 하는 말이다.

"그냥 무시해."

하지만 그게 말처럼 쉽지 않은 게 문제다. 누군가 다리를 거는 바람에 엎어져서 얼굴에 흙이 잔뜩 묻었는데 어떻게 간단히 무시한단 말인가? 이 쪽지도 무시할 수 없다는 걸 금방 깨달았다. 그냥 붙여 두면 나중에 엄마가 집에 돌아오는 길에 떼어 와서는, 부자연스럽게 꾸며 낸 목소리로 이렇게 말할 확률이 매우 높았다.

"생쥐 케비, 이것 좀 봐. 누가 쪽지를 보냈네?"

나는 쪽지를 떼어 냈다. 놀랍게도 쪽지를 껌으로 붙여 두었다. 승강기 벽과 천장에 붙어 있는 수천 개의 껌 중 하나였다. 언젠가 거인이 화가 나서 핍스 전체를 집어 던진다고 가정해 보자. 그때 누군가 우연히 이 승강기를 타고 있다면, 벽에 붙은 껌이 고무 패드 역할을 해 주어서 최소한 부상을 입지는 않을 것이다.

12층 버튼 바로 위에도 어떤 장난꾸러기가 분홍색과 회색이 뒤섞인 씹다 만 껌을 붙여 사인펜으로 작게 13이라는 숫자를 써 놓았다. 나 역시 이따금은 모든 것을 던져 버리고, 있지도 않은 13층에 올라가고 싶은 마음이 불쑥 들 때가 있긴 하다.

승강기 문이 다시 열렸다. 나는 좁은 복도로 들어섰다. 이 건물의 다른 층과 마찬가지로 네 가구의 현관문이 바라다보였다. 그 중 하나에 찰흙으로 만든 붉은색 하트가 걸려 있었는데, 거기에 비뚤비뚤한 글씨로 이렇게 쓰여 있었다.

마이어 세 명이 살아요. 니콜과 재클린, 케빈

　나는 현관문이 굳게 닫혀 있는 걸 보고 안심했다. 누나가 먼저 집에 들어갔으면 문이 제대로 안 닫혀 있을 테니까. 누나가 요즘 저녁 늦게까지 바깥에서 돌아다니는 게 차라리 다행이랄까.

　젖은 웃옷과 책가방을 방바닥에 던지고, 쪽지를 여전히 손에 든 채 뭘 해야 할지 몰라서 잠시 그대로 서 있었다. 왠지 기분 나쁜 쪽지에 불을 붙여서 변기에 넣어 버릴까, 하고 잠깐 생각해 보았다. 그러면 엄마는 누나가 욕실에서 담배를 피웠다고 생각할 테니까 꽤 재미있는 일이 벌어질 것이다. 하지만 지금은 누나를 골리는 것조차 귀찮았다.

　쪽지를 부엌 식탁에 내려놓은 뒤, 냉장고에서 파스타와 소시지, 살라미, 치즈를 꺼내 뒤섞은 다음 전자레인지에 밀어 넣었다. 간식이 지글거리며 데워지는 동안, 콜라를 마시면서 과학 발표 과제나 준비할까 고민했다. 다가오는 월요일이 내 차례인데, 오늘이 화요일이니까 한 주도 채 남지 않은 셈이었다.

　하지만 빛의 굴절이 뭔지, 광학 밀도가 뭔지 지난 삼 주 동안 전혀 이해하지 못했으니 남아 있는 시간에도 아마 별수 없을 것이다. 어차피 안다고 해도 딱히 소용은 없었다. 내 목구멍은 대

여섯 명이 넘는 사람들 앞에 서면 딱 붙어 버리니까.

전자레인지의 유리문에 김이 서렸다. '이게 광학 밀도일까?' 하고 생각하는 순간 땡, 하는 소리가 울렸다. 김이 모락모락 올라오는 접시를 꺼내 들고 내 방으로 향했다. 식구가 세 명인 우리 집은 방만 세 개일 뿐 거실이 없었다.

그래서 바네사 이모는 우리더러 '주거 공동체'에 산다고 말하곤 했다. 이모는 오래된 농가인 진짜 주거 공동체에서 어른들 몇 명과 함께 살았다. 독특한 성격의 이모는 나와 누나가 '이모'라고 부르는 걸 금지했다. 그렇게 부를 때마다 자기가 엄청나게 나이 들었다는 생각이 든다나? 실제로 나이가 든 게 맞다. 적어도 서른 살은 넘었을 거니까. 엄마의 동생, 정확하게 말하면 이복동생인데 성격이 엄마와는 정반대였다.

이모는 환경을 생각해서 음식을 버리면 안 된다고 이야기하면서 (난 어차피 남길 일이 없다.) 건강식만 먹어야 한다고 (이건 절대 하지 않는다.) 고집했다. 우리 집에 올 때면 언제나 농가에서 기른 채소를 잔뜩 가지고 오지만, 엄마는 그걸 어떻게 요리해야 할지 몰라서 다음 날 쓰레기통에 버린다. 이모는 이따금 장난감이나 옷을 가져다주기도 하는데, 모두 직접 만든 것이어서 그런지 끔찍할 정도로 볼품이 없다. 그래서 이모가 선물한 옷은 절대 입지 않는다.

아, 딱 한 가지 입는 게 있긴 하다. 구겨진 채 침대에 놓여 있는 초록색 바지와 노란색 윗도리가 한 세트인 잠옷! 이것 역시 이모가 직접 만들었다. 상의에는 특이하게 행성들이 수놓여 있는데, 신기하게도 하나같이 토성처럼 생겼다.

"네 생일에 새 잠옷 만들어 줄게. 어떤 무늬를 넣을까?"

이모가 물어보았을 때 난 이렇게 대답했다.

"《반지의 제왕》과 관련이 있는 거라면 아무거나요."

그랬다, 그래서 나온 결과물이 토성 무늬였다.

문득 쪽지가 생각났다. 나는 아직 김이 오르는 간식을 입에 잔뜩 문 채 부엌으로 가서 쪽지를 펼쳤다.

　　사랑하는 케빈,

　　너는 평행 우주 위원회에 초대받았어. 이상하게 들린다는 건 나도 알아. 직접 설명하는 게 좋겠지? 너를 만나고 싶어. 13층으로 와.

　　　　　　　　　　　_평행 인사를 보내며, 커다란 초록색 나인

나는 쪽지를 한 번 더 읽었다. 하지만 여전히 이해할 수 없었다. 누가 나를 놀리려는 건지는 몰라도 정신이 나간 게 틀림없었다. 나는 현관문으로 가서 방범 구멍으로 승강기를 노려보았다. 당연히 아무 일도 없었다. 하긴, 일이 있을 게 뭐람?

천천히 내 방으로 돌아와, 호빗과 마법사의 제자들과 용과 난

쟁이와 전사가 등장하는 환상적인 이야기들로 가득한 내 책장을 빤히 바라보았다. 그들이 나에게 뭔가 속삭였다. 아니, 진짜로 그랬다는 건 아니다. 아직 그 정도로 정신이 나가진 않았으니까. 어쨌든 그들은 내가 뭐든 시도해 보길 원하는 것 같았다.

"한번 해 봐. 까짓거, 잃을 게 뭐가 있어?"

맞다, 잃을 게 아무것도 없었다. 나는 현관으로 가서 문을 연 다음 천천히 발을 복도로 내디뎠다. 그렇다고 해도 승강기를 타고 13이라고 쓰여 있는 껌을 누르지는 않을 생각이었다. 이 쪽지를 쓴 사람은 뭔가 수작을 꾸미고 있는 게 틀림없으니까.

혹시 누군가 승강기에 아주 작은 몰래 카메라를 설치해 두고서 껌을 누르는 내 모습을 찍으려는 건 아닐까? 정말이지 얼마나 멍청해 보일까? 나는 승강기 옆, 벽에 달린 버튼을 꾹 눌렀다. 승강기가 덜컹거리며 올라오더니 문이 활짝 열렸다.

조심스럽게 승강기에 들어가서 벽과 천장, 그리고 그 사이의 틈새를 자세히 살펴보았다. 당연히 아무것도 없었다. 하긴 누가 여기에 몰래 카메라를 숨겨 두겠어? 엄청나게 작은 카메라가 있다는 말을 듣긴 했지만, 그런 건 비밀 요원들이나 사용하지 않을까? 음, 그렇겠지?

나는 손을 내밀다가 그대로 멈췄다. 내 손가락이 13층이라고 쓰인 껌 앞에서 흔들렸다. 나는 다시 한번 주위를 둘러보았다. 이 흉측해 보이는 껌을 눌러야 하는 논리적인 이유는 단 한 가지도 없었다. 하지만 누르지 않아야 할 이유도 딱히 없었다. 구역질 나게 생겼다는 것만 빼면.

그 순간, 손가락을 뒤로 빼려고 했지만 이미 늦어 버렸다. 손가락이 뇌보다 빨리 움직였다. 어느 틈엔가 껌을 누르고 말았다! 그와 동시에 승강기 문이 닫혀 버려서 나는 무시무시한 충격에 휩싸였다. 어이쿠, 세상에! 이게 진짜로 작동하잖아?

딱 이 초가 지난 후에야 내가 껌을 눌러서 승강기가 움직이는 게 아니라는 사실을 깨달았다. 위층에서 누군가 승강기 버튼을 누른 모양이었다.

승강기가 움직였다. 위로, 위로, 계속, 계속. 속이 메슥거렸다. 그것도 아주 심하게, 두려울 만큼.

승강기는 올라가고 또 올라갔다. 갑자기 내 손가락이 제멋대로 비상 버튼 가까이로 다가갔다. 그런데 비상 버튼을 누르기 바로 직전, 승강기가 우뚝 멈춰 섰다.

승강이 문이 열렸다. 너무나 밝은 빛 때문에 눈이 부셨다. 도저히 뭐라고 묘사할 수 없는 빛이었다. 모든 색깔이 한데 뒤섞여 깜박거리는 듯했다. 사람들 앞에서 발표할 때 내 머릿속을 물들이는 색과 비슷했다. 나는 창문이 없는 정사각형 공간으로 엉거주춤 들어섰다. 얼마나 큰지는 알 수 없었다. 양팔을 벌리면 벽을 만질 수 있을 것 같기도 했지만, 또 동시에 한없이 넓어 보이기도 했다.

그래도 맞은편 벽에 문이 하나 있다는 건 알아차렸다. 그쪽으로 한 걸음 한 걸음 나아가는데, 이상하게도 문이 나에게 다가오는 듯한 느낌이 들었다. 나는 발걸음을 멈추고 승강기 쪽을 쳐다보았다. 승강기 문이 닫히고 아래로 휙 내려가 버린다면? 불현듯 여기에 영원히 갇힐지도 모른다는 불안감에 휩싸였다. 그러다 몸을 다시 돌렸을 때 어찌 된 일인지 내가 문 바로 앞에 서 있었다. 마치 유령이 손을 대기라도 한 듯 문이 저절로 열렸다.

"아, 벌써 왔구나?"

문 뒤에 학생처럼 보이는 여자아이가 서 있었다. 자그마한 키에 새까만 피부, 길게 땋은 머리……. 입에는 커다란 초록색 파이프를 물고 있었다. 가장 이상한 건, 그 아이가 내 잠옷을 입고 있다는 사실이었다!

"너……, 뭐야?"

이렇게 묻는 내 목소리가 아주 멀리서 들리는 것처럼 아득하게 느껴졌다.

"여기가…… 어디야?"

"설명하자면 길어."

그 아이는 이렇게 대답하고는 인사를 하려는 듯 오른손 주먹을 내밀었다.

"내 이름은 '커다란 초록색 나인'이야. 줄여서 나인이라고 부르면 돼."

"나는 케비……, 케빈이야."

나는 당황해서 나인이 내민 작은 주먹을 빤히 바라보았다. 그러다 주먹을 살짝 부딪치자 나인이 나를 보며 빙긋 웃었다.

"들어와, 케빈."

나는 문을 지나 원형 강당으로 들어갔다. 머리 위로 돔형 유리천장이, 그리고 그 위에 새파란 하늘이 펼쳐져 있었다. 새파란 하늘인데도 여러 개의 항성과 행성이 또렷이 보였다. 행성들은 다 똑같은 모습이었다. 모두 지구 같았다.

강당에는 탱탱볼이 가득했다. 중간에 넓은 탁자가 놓여 있었는데, 그 위에 아코디언이 하나 있었다. 탁자 옆에는 또래로 보이는 두 명의 아이가 서 있었다. 둘 다 내 것과 똑같은 잠옷 차림이었다. 남자아이는 안경알 두 개가 나선처럼 맞물려 돌아가는 괴상한 안경을 코에 걸치고 있었고, 여자아이는 인디오처럼 화려하게 장식한 장신구를 몸에 걸치고 있었다. 나인은 성큼성큼 강당을 가로질러 두 명에게 다가갔다. 나는 뭘 해야 할지 몰라 그냥 그 뒤를 터덜터덜 따라갔다.

"내 동료들이야."

나인이 괴상한 안경을 쓴 남자아이를 가리켰다.

"소개할게. 이쪽은 교수야. 그리고 이쪽은……."

이번에는 인디오 장신구를 한 여자아이를 가리켰다.

"코욜크사우흐퀴이."

역시나 둘이 나에게 주먹을 내밀었고, 나는 차례로 주먹을 슬쩍 부딪쳤다.

"지금 초콜릿 갖고 있어?"

빙빙 돌아가는 안경을 쓴 교수가 내게 물었다.

"넌 왜 유니폼을 안 입은 거야?"

전혀 발음할 수 없는 이름의 인디오 여자아이도 질문을 던졌다. 나인이 질문이 계속되는 걸 막으려고 손을 들어 올렸다. 여기서 일종의 대장 역할을 하는 것 같았다.

"여기 새로 왔을 때 어떤 느낌이 드는지 너희도 기억하잖아. 일단은 케빈이 먼저 질문을 할 수 있게 해. 그다음이 너희 차례야."

"케비."

내가 중얼거리자 나인이 되물었다.

"뭐라고?"

나는 좀 더 또렷한 목소리로 다시 한번 말했다.

"케비라고 부르면 돼. 그리고 여기가 어떤 데인지 설명해 줘!"

나인이 파이프를 부글거리더니 안경 낀 아이에게 말했다.

"교수, 네 담당이야."

"오케이, 케비. 아주 천천히 설명할 테니까 이해가 안 되면 바로 말해 줘. 오케이?"

나는 고개를 끄덕였다. 교수가 설명을 하기 시작했다.

"우주는 무한해. 오케이?"

그러고는 나를 빤히 바라보았다. 내가 고개를 끄덕이자 교수가 말을 이었다.

"우주가 무한하다는 건 끝이 없다는 뜻이야. 끝없이 무한하니까, 사람들이 생각할 수 있는 모든 것은 어딘가에 실제로 존재하는 셈이지. 유한한 네 머리로 상상할 수 있는 모든 것이 이 세상 어딘가에 실제로 있다는 뜻이야. 그것도 상상 이상으로. 오케이?"

나는 공손하게 고개를 끄덕거렸다.

"그리고 무한하게 무한하기 때문에 수많은 것들이 한 번이 아니라 여러 번 존재해. 아주 조금씩 다를 뿐이지. 이제부터 하는 얘기가 진짜 중요해."

나는 이미 머리가 핑핑 돌고 있었다. 교수의 안경에서 알록달록한 나선들이 쉴 새 없이 서로 맞물려 돌아가서 그런지 어지럼증이 일었다. 교수는 대체 저 안경알을 어떻게 견디는 거지?

"넌 핍스에 살아. 오케이?"

교수의 말에 나는 또 고개를 끄덕였다.

"6층, 왼쪽에서 두 번째 집에 살고 있지. 우리랑 똑같이."

"엥, 뭐라고?"

"우리랑 똑같이."

교수가 다시 한번 같은 말을 반복하고서 빙빙 돌아가는 나선

안경알로 나를 바라보았다.

"우리 모두는 똑같은 방, 똑같은 집, 똑같은 건물, 똑같은 도시, 똑같은 지구, 똑같은 은하, 똑같은 우주에 살아. 아, 아니다. '거의' 똑같은 우주에 살지. 그 이야기는 나중에 할게. 아무튼 우리 우주들은 수많은 차원의 무한에 흩어져 있고, 내 핍스에서 네 핍스까지는 아마 10의 100경 제곱 광년만큼 떨어져 있을 거야. 그래서 원래는 절대 만나지 못해. 여기까지 오케이?"

나는 머리카락을 쥐어뜯었다.

"그러니까 네 말은……, 여기가 일종의 평행 우주라는 거야?"

"과학적으로 정확한 표현은 아니지만, 적어도 원리는 이해한 모양이네."

나는 큰 소리로 투덜거렸다.

"그런데 여긴 대체 어디야?"

교수가 양손을 들어 올리고서 한 바퀴 빙 돌며 대답했다.

"여기는 아무 곳도 아니야. 오케이? 13층은 그 어디에도 없으니까. 혹시 '웜홀'이라는 말을 들어 본 적 있어?"

"흐음, 듣기야 했지……. 하지만 뭔지 정확하게는 몰라."

"어디선가 들었더라도 그냥 잊어버려. 이건 훨씬 더 복잡한 거니까. 너는 지금 우주들 사이의 절단면에 있어. 지금까지 약 팔십 개가량 발견했지."

"우주가 그렇게 많다고?"

"아니, 아니. 땡, 틀렸어! 우주는 '무한히' 많아. 오케이? 하지만 지금까지 우리가 발견한, 아주 비슷한 우주가 팔십 개라는 거야. 지구가 있고, 어떤 도시에 핍스라는 고층 건물이 있고, 원래는 12층까지만 가는 승강기에 숨겨진 13층 버튼이 있고, 그 건물 6층에 평행 우주 위원회 무늬가 그려진 유니폼을 입은 아이가 살고 있는 세상이 그만큼 존재한다는 뜻이지. 그리고……."

"잠깐!"

나는 대뜸 고함을 질렀다.

"유니폼이라니? 이건 내 잠옷이야."

나인이 끼어들었다.

"뭐든 상관없어. 우린 모두 이 옷을 입고 있거든. 이 옷으로 서로를 알아봐. 왜 그런지는 우리도 모르지만."

"'아직'은 모르지."

교수가 나인의 말을 고쳤다.

"우린 여러 현상을 연구하는 중이야. 그게 우리의 임무야. 평행 우주 위원회가 존재하는 이유도 바로 그거고."

나는 고개를 저었다. 그러자 머리가 더 어지러워졌다.

"그러니까 너희는 내 세계와 조금 다를 뿐, 비슷해 보이는 평행 우주에서 왔다는 거지?"

이번에는 세 아이가 동시에 고개를 끄덕였다. 나는 교수에게 물었다.

"그럼 넌 우스꽝스러운 안경 우주에서 온 거야?"

"그거랑 비슷해. 내 세계는 네 세계보다 기술적으로 좀 더 발전했거든. 오케이?"

이번에는 인디오 여자아이에게 질문했다.

"그럼 네 세계에서는? 다른 뜻이 있는 게 아니라, 네가 말을 타고 다닐 때나 할 법한 장신구를 하고 있어서 묻는 거야. 아니면 혹시 진짜 인디오야?"

"둘 다 아니야. 네 세계에서는 콜럼버스라는 사람이 아메리카 대륙을 발견한 뒤, 유럽인들이 정복을 했다고 말하지. 내 세계에서는 그렇게 생각하지 않아. 내 세계에서는 아스테카 문명을 받아들였어. 그래서 아스테카식 이름을 갖게 된 거야. 나는 코욜크사우흐퀴이 마이어야. 그냥 코요라고 부르면 돼. 발음하기 어려워서 다들 그렇게 불러."

여자아이가 대답했다.

"그렇구나. 너희는 여기 13층에서…… 뭘 연구해?"

교수가 대답했다.

"평행 우주. 우리는 각자의 세계를 배우고 서로 방문하기도 해. 각자의 세계에는 다른 우주 사람들이 알지 못하는 게 있거든. 그리고 평행 우주가 어떤 원칙에 의해 움직이는지 알아내려고 하지. '크라소미터'라는 컴퓨터의 도움으로 새로운 우주를 발견하는데, 그걸 누가 만들었는지는 몰라. 하필이면 왜 이곳 13층이 우주의 절단면인지, 그리고 왜 성인이 되기 전에만 '패러포트'를 사용할 수 있는지도 모르고. 저 건너편 '상대성 공간' 승강기 옆에 있는 분전반을 '패러포트'라고 부르는데, 그걸로 네가 가고 싶은 우주로 갈 수 있어. 또 [타인들]한테 그게 어떤 의미가 있는지도 알지 못해."

교수는 '타인들'이라는 말을 하면서, 마치 이들을 가둘 수 있기라도 하다는 듯 양손으로 허공에 커다란 상자를 그렸다. 그러자 나인이 교수에게 마뜩지 않은 듯한 시선을 보내며 끼어들었다.

"교수, 한꺼번에 너무 많은 정보를 주면 안 돼. 지금 케비를 혼란스럽게 만들고 있잖아."

"난 이미 아까부터 혼란스러웠어. 근데 타인들이 누구야?"

내가 말했다.

"아, 그냥 타인들이 아니야."

코요가 대꾸했다.

"우린 그 사람들을 [타인들]이라고 불러."

코요도 교수처럼 허공에 상자를 그렸다.

"그들은 우리보다 나이가 많아. 눈이 항상 충혈되어 있어서 너도 금방 알아볼 수 있을 거야. [타인들]을 조심해. 크라소미터를 파괴해서 평행 우주 위원회를 없앤다는 한 가지 목표밖에 없는 존재들이니까."

나인은 부글부글 파이프를 빨면서 나에게 한 걸음 가까이 다가와 말을 이었다.

"그 이야기는 나중에 하자. 오늘은 평행 우주 위원회의 신입 회원으로서 네 임무가 뭔지, 그리고 우리가 어떻게 서로 연락하는지를 설명해 줄게."

"잠깐, 잠깐만. 질문이 하나 있어."

나는 한 걸음 뒤로 물러나며 말했다.

"아까 승강기 옆의 패러포트 이야기를 했잖아. 내가 원래 세상으로 돌아가려면 거기에 뭘 입력해야 하지?"

교수가 대답했다.

"그냥 타고 내려가면 다시 집에 도착해."

"아, 그렇구나. 고마워. 난 이제 그러고 싶어."

나는 뒤로 한 걸음 더 물러났다. 그러자 코요가 반대했다.

"기다려, 우린 이제 막 시작했어. 너한테 설명할 게 아주 많아."

"아니, 이번에는 내가 너희한테 설명할게."

나는 세 아이한테서 눈을 떼지 않은 채 계속 뒤로 물러나며 말했다.

"이곳은 실제로 존재하지 않아. 너희도 실제로는 없어. 너희 모두 내 머릿속에만 존재해. 정신 나간 꿈이랑 비슷한 거지. 어떤 녀석이 내게 약을 먹였나 봐. 아마도 쪽지에 묻혀 놓은 가루를 내가 들이마신 거겠지. 그래서 지금 잠깐 환각에 빠진 거야. 더 이상 속지 않아."

그때 내 등이 뭔가에 부딪혔다. 문에 도착한 것이다.

"아무튼 만나서 반가웠어. 하지만 난 이제 가야겠어. 엄마가 곧 집에 오실 테니까."

그때 나인이 외쳤다.

"아니야, 네가 떠나 있는 동안 그곳 시간은 멈춰 있어!"

하지만 나인은 나를 잡지 못했다. 어쩌면 잡을 생각이 없었는지도 모르겠다. 내가 몸을 돌려 무지갯빛 상대성 공간을 지나 승강기로 달려가는 동안에도 세 사람은 강당에 그냥 멍하니 서 있었으니까. 승강기는 너무나 멀리 있는 것처럼 보였다. 그러나 내가 달리는 순간 공간이 훅 줄어들어서 하마터면 승강기에 몸을 부딪힐 뻔했다.

나는 승강기 문이 열리자 냅다 뛰어든 다음 허겁지겁 6층을 눌렀다. 문이 쾅 닫히면서 무지갯빛이 문 틈새를 따라 바깥으로 빠져나갔다. 그 자리에 남은 것은 지극히 싸늘한 승강기 불빛뿐이었다.

승강기가 덜컹이며 아래로 내려갔다. 나는 13이라고 쓰인 껌을 노려보았다. 그런데 모든 게 평소와 똑같았다. 8층에서 승강기가 멎었다. 로니 형이 오토바이 헬멧을 겨드랑이에 끼고 승강기에 탔다. 우리는 함께 승강기를 타고 아래층으로 내려갔다.

"야, 괜찮은 거야? 너, 꼭 토할 것처럼 보인다."

형이 나를 빤히 바라보며 물었다.

"물론 괜찮지."

나는 나지막하게 대답했다. 로니 형은 열일곱 살인데, 삼촌의 자동차 정비소에서 일했다. 우리 누나를 티가 나게 좋아하지만, 정작 누나는 로니 형이 자기 레벨에 맞지 않는단다. 레벨의 철자도 정확히 모르는 주제에 말이다.

승강기가 6층에서 멈췄다. 낯익은 복도가 눈에 들어오자 안도한 나머지 울음이 터질 것만 같았다. 현관문이 열려 있어서 한순간 깜짝 놀랐다. 아, 참! 아까 내가 열어 두었지. 다행히 그사이에 엄마도, 누나도 돌아오지 않은 듯했다. 그래도 일단 조심스럽게 집 안으로 들어선 후 현관문을 슬쩍 닫았다.

내 방으로 터벅터벅 가 보니, 아까 전자레인지로 데운 간식이 아직도 김을 내고 있었다. 오래전에 식었어야 하는 거 아닌가? 순간 시간이 멈춘다고 했던 나인의 말이 떠올랐다.

나는 뜨거운 간식을 마구 입에 욱여넣었다. 먹는 동안은 그 무엇도 고민할 필요가 없으니까. 그런데 고민하고 싶지 않은 일은 늘 생겨난다. 어쩌면 내가 많이 먹는 이유가 그것 때문인지도 모르겠다.

헛바닥이 불에 덴 것처럼 뜨거워서 음식을 도로 뱉고는 엠레에게 문자를 보냈다. 어쩌면 엠레는 지금 비디오 게임을 할 마음이 있을지도 모른다. 곧 '○○'이라는 답장이 왔다. 나는 얼른 엠레네 집으로 올라갔다. 혹시 몰라서 승강기를 타지 않고 계단으로 뛰어갔다.

몇 분 후, 완전히 땀에 푹 젖은 채 숨을 헉헉대며 11층 엠레의 집 앞에 도착했다.

"안녕, 케비."

우리는 평소처럼 느긋하게 악수했다. 엠레의 낯익은 웃음을 보니, 오늘 처음으로 마음이 편안해졌다. 엠레는 나랑 가장 친하고, 가장 오래되고, 가장 멋지고, 유일한 진짜 친구였다. 나는 엠레에게 13층 이야기를 할까 말까 잠시 고민했다.

"조금 전에 무슨 일이 벌어졌는지 너는 상상도 못할 거야."

뇌가 미처 정지시킬 틈도 없이 내 입이 나불거리기 시작했다.

"뭔데?"

엠레가 긴장한 표정으로 나를 바라보았다.

"……뜨거운 간식을 급히 먹다가 혀를 데었어."

엠레가 어이없다는 듯 웃음을 터뜨렸다.

"그러니까 그렇게 급히 처먹지 말라고."

우리는 두세 시간 동안 괴물을 향해 총을 쏘고 골문을 향해 날카로운 슛을 쏘았다. 그 덕분에 나는 모두―학교와 숙제, 엄마와 누나, 데어 버린 헛바닥과 수많은 평행 우주―잊을 수 있었다. 심지어 계단으로 내려가려던 계획마저 까맣게 잊어버렸다.

엠레와 헤어진 후 다른 때와 마찬가지로 승강기를 탔다가 13이라고 쓰인 껌에 눈길이 닿는 순간 소스라치게 놀랐다. 손가락이 몹시 떨렸지만, 이번에는 뇌가 손가락보다 더 빨랐다!

내가 6층을 누르자 승강기가 내려가더니 떠들썩한 목소리로 가득한 우리 층 복도에 나를 얌전히 뱉어냈다. 엄마와 누나가 다투는 소리가 고스란히 들렸다. 막상 6층에 도착해서 집 안으로 들어가려니 혹시 13층이 내가 생각한 것보다 더 괜찮은 곳이 아닐까, 하는 생각이 들었다.

"……그렇게 요란하게 입다니!"

"요란한 건 엄마예요!"

"담배를 피운 건 어떻고!"

"엄마도 피우시잖아요!"

"나는 어른이잖아!"

나는 심호흡을 하고 나서 현관문을 연 다음, 단어들의 거센 폭풍우를 뚫고 지나갔다.

"안녕, 생쥐 케비!"

엄마의 인사가 끝나기 무섭게 누나가 울분을 터뜨렸다.

"엄마는 저 머리통에게는 어디서 뭘 하고 다니는지 한 번도 묻지 않으시잖아요."

"네 동생은 나중에 호되게 혼낼 거야."

내가 이번에는 뭘 잘못했더라? 냉장고를 털어 먹은 거? 전자 레인지에 얼룩 묻힌 거? 나는 방에 들어가 텔레비전 소리가 복도에서 들리는 고함보다 더 커질 때까지 리모컨으로 볼륨을 계속 올렸다. 그때 현관문이 쾅 닫히는 소리가 들렸다. 곧이어 엄마가 쿵쿵거리며 욕실로 들어가 요란하게 코를 푸는가 싶더니, 얼마 뒤 비난이 가득 담긴 눈길로 내 방에 들어왔다. 엄마는 한숨을 푹 쉬고는 힘없이 내 침대 가장자리에 주저앉았다.

"케비, 너 혹시 무슨 짓 저질렀니?"

나는 곧장 양심의 가책을 느꼈다. 물론 내가 저지른 일은 전혀 없었다. 그렇지만 엄마가 이렇게 바라볼 때면 누구나 양심의 가책을 느끼기 마련이다.

"좀 구체적으로 이야기해 주시면 안 될까요?"

내가 되물었다.

"조금 전에 어떤 남자가 찾아왔어. 너에 대해 묻더라. 그것도 아주 이상하게."

나는 깜짝 놀라 귀를 쫑긋 세웠다.

"어떻게 물었는데요?"

"너에 대해 직접 물은 게 아니라 네 방에 대해 묻더라고."

"무슨 말인지 모르겠네요. 제 방에 대해 물었다고요?"

"그러게……, 정신 나간 소리지. 안 그러니? 부엌 뒤 왼쪽이 아이 방인지 묻더니, 그 방에 있는 아이랑 이야기 좀 할 수 있느냐고 하지 뭐야."

아까 승강기를 타고 13층으로 올라갈 때처럼 기분이 이상해졌다.

"그래서 뭐라고 하셨어요?"

"뭐라고 했을 것 같아? 여기 누가 살든 무슨 상관이냐고 했지. 왜 그러는지 이유부터 대라고 말이야."

그래, 이게 바로 우리 엄마다. 사람들이 엄마를 시끄럽다고 생각할 수도 있다. 하지만 누군가 아이들에게 해코지할 기미를 보이면 사자처럼 용맹해진다.

"그래서 어떻게 됐어요?"

"다음에 다시 오겠다더라. 난 당연히 네가 창밖으로 뭔가를 던진 줄 알았지. 그 남자 자동차에 뭐가 묻거나 하지 않았으면 왜 굳이 여기까지 찾아와 네 방에 대해 묻겠니?"

우리는 동시에 창문을 바라보았다. 창턱에는 몇 권의 책과 내가 더는 가지고 놀지 않는 레고 우주선, 그리고 빈 초콜릿 포장지가 놓여 있었다. 그 위에 먼지가 뿌옇게 앉아 있었다. 이 창문은 몇 주 동안 활짝 열린 적이 없었다.

엄마가 말했다.

"혹시 그 남자를 본 적 있니? 까만 양복 차림에 금발이던데, 은행원처럼 보이더라. 근데 좀 아픈 것 같았어. 눈이 아주 빨갛게 충혈되었더라고. 마치 오랫동안 잠을 못 잔 것처럼 말이야."

타인들? 정말 [타인들]인가! 그럴 리가 없었다. 그 모든 건 그저 내 머릿속에만 존재하니까. 나는 우물쭈물하며 대답했다.

"본 적 없어요. 앞으로도 보고 싶지 않고요."

"케비, 고민거리가 있으면 언제든 엄마한테 말해. 알겠지?"

이 세상에서 내가 '모든 것'을 절대로 말하지 않을 사람이 있다면 아마도 엄마일 거다. 하지만 이 순간에 그 말을 들으니 포근한 느낌이 들어서 기분이 좋았다. 내가 허리를 불쑥 끌어안자 엄마는 깜짝 놀라서 잠시 가만히 있다가 꼭 안아 주었다.

"아무 일도 없어요. 요즘 이상한 사람이 얼마나 많이 돌아다니는지 엄마도 아시잖아요."

엄마는 고개를 끄덕이며 내 머리를 쓰다듬고는 자리에서 일어섰다. 그리고 나서 저녁 외출을 위해 요란하게 치장을 했다. 나는 텔레비전을 다시 크게 틀고, 우주의 복수형은 말도 안 된다고 스스로 세뇌시키기 위해 애를 썼다.

말도 안 돼, '우주들'이라니!

실제 상황,
누군가 감시하고 있다!

여러 개의 평행 우주가 있다는 아이디어는 사실 전혀 나쁘지 않다. 발표를 망쳐서 점수를 받지 못하면 다른 세계에서 아스테카 방식으로 다시 시도할 수도 있을 테니까. 아니면 그냥 무시하거나. 그러니까 내 말은, 점수를 무시한다는 뜻이다.

어쨌든 13층에 갔던 일, 그리고 나인이랑 그 친구들과의 대화는 내 머릿속에서 계속 맴돌았다. 물론 그게 일종의 꿈이나 망상이라는 걸 의심하지는 않았다. 그래도 몇 시간 뒤 눈이 충혈된 남자가 우리 집 현관문 앞에 서 있었다는 건 우연이라기에는 너무 이상하다는 생각이 들었다.

그리고 방금 알게 된 무시할 수 없는 사실 하나 더! 점심을 먹고 돌아와 보니 누군가 내 책가방을 뒤진 흔적이 있었다. 나는 칫솔을 파란색 작은 통에 보관한다. 원래는 점심 식사 후에 이를 닦아야 하지만, 오줌보가 터질 지경이 아니고서는 절대로 학교 화장실에 가지 않는다. 너무 더러워서 청소를 하는 살리푸 아주머니조차 거의 가지 않는 듯하다.

언젠가 선생님이 불시에 검사를 한 뒤부터 칫솔을 늘 가지고는 다닌다. 그 통은 가방 속 안주머니에 들어 있었는데…… . 지금은 아니었다. 이 말이 얼마나 좀스럽게 들릴지 나도 잘 안다. 하지만 내 책가방 안쪽만큼 내가 잘 아는 공간은 이 세상 그 어디에도 없다. 거기야말로 유일하게 사적인 공간이다. 내가 학교에 있는 동안은 엄마나 누나가 뒤질 수 없는 데니까.

누군가 내 가방을 뒤졌다는 걸 깨닫자 무진장 화가 치밀었다. 그렇다고 아무렇게나 뒤진 것은 아니었다. 칫솔 통을 빼고는 모두 원래 자리에 있었다. 나는 칫솔 통을 열고 조심스럽게 칫솔 냄새를 맡아 보았다. 어제 뭔지 모를 약을 쪽지에 묻혔던 누군가가 칫솔에도 그리했을지 모르니까.

"야, 아직도 배고프냐? 왜 칫솔에서 음식 찌꺼기를 찾고 있어?"

교활한 야스퍼가 지나가면서 비웃었다. '무시하자!'라고 생각하는 순간 내 입이 저 혼자 움직여 버렸다.

"혹시 네가 내 칫솔로 머리카락을 빗은 게 아닐까, 생각하던 중이었어. 갑자기 썩은 생선 냄새가 나서 말이야."

무시는 개뿔.

"뚱보 자식, 내 신발 밑창이나 핥아."

야스퍼가 사납게 으르렁대더니 교실 문을 빠져나갔다.

"그럼 정말 이를 닦아야겠네."

나는 이렇게 중얼거리며 칫솔 통을 닫고 가방에 넣었다. 참, 엊그제 밤에 칫솔 꿈을 꾸었던 것 같은데……. 내가 미래를 볼 수 있게 된 건가? 눈이 충혈된 남자 이야기가 머릿속에 떠다녔는데, 얼마 후 정말로 나타난 것도 그래서일까? 음, 미래를 본다……? 뭐, 최소한 앞으로 몇 시간은 꽤 선명하게 미래를 볼 수 있다. 미술 시간, 영어 시간, 체육 시간. 그리고 아주 급하게 발표 준비를 해야 하는 과학 시간…….

나는 늘 오후 수업을 땡땡이치고 싶어 했다. 오늘은 그러기에 꽤 좋은 날인 것 같았다. 가방을 어깨에 둘러메고 주위를 둘러봤지만, 길고 어두운 복도를 돌아다니는 아이들만 눈에 띄었다. 대체 뭘 찾으려는 건지 나 스스로도 알 수가 없었다.

"누군가 나를 뒤쫓고 있다는 걸 느낄 수 있어."

이런 문장은 영화에서나 흔하게 듣던 말이다. 어쨌거나 지금 나는 도망칠 작정이다. 집에 가서 엠레가 돌아올 때까지 컴퓨터로 게임이나 해야지. 하지만 그 전에 만능 칼―일명 맥가이버 칼―로 승강기에 13이라고 쓰인 껌을 떼어 버려야겠어. 그러면 이 소동도 끝날 거야.

오늘은 비가 오지 않았다. 그런데도 핍스 언덕을 기어올라 넓은 주차장을 지날 때쯤에는 몸이 푹 젖은 상태였다. 물론 땀이 나서였다. 아주 오래된 파란색 크라이슬러가 주차 금지 구역에 서 있었다. 난 자동차에는 흥미가 없지만, 주차 금지 구역에는 관심이 있었다. 여기에 자동차가 서 있으면 4층에 사는 빈체브 스키 할아버지가 구청에 전화해서 견인차를 부르기 때문이다.

내가 오지랖이 넓은 성격이라면 조수석에 앉아 있는 젊은 여 자에게 경고를 해 주었을 텐데. 흘깃 보니 검은 원피스 차림이었 는데, 길고 검은 머리카락 몇 가닥이 하얀 목으로 흘러내려 있었 다. 으악, 훤히 드러난 어깨에 살찐 거미 한 마리가……! 아니, 다시 보니 거미 모양 문신이었다.

그때 조수석의 여자가 하얀 얼굴을 들어 나를 보았다. 순간 내 몸이 저절로 움찔했다. 눈이 빨갛게 충혈되어 있었다! 그 사람도 나를 알아본 것처럼 놀란 표정을 짓더니 급히 휴대폰을 집어 들 었다.

나는 달리지 않으려고 애를 쓰며 종종걸음을 쳤다. 급히 건물 안으로 들어가 승강기에 적힌 숫자를 바라보았다. 아래로 내려 오고 있었다. 이윽고 승강기 문이 열리자 젊은 남자가 튀어나왔 다. 기껏해야 이십 대 초반 정도에 검은 양복을 입었는데, 이 사 람도 역시 눈이 새빨갰다! 서로 눈길이 마주친 시간은 고작 몇 분의 일 초에 불과했다. 남자는 인사말과 비슷한 소리를 웅얼거 리더니 나를 지나쳐서 건물 밖으로 나갔다. 그러고는 주차 금지

구역에 주차한 크라이슬러로 다가가 급히 차에 올라탔다. 차는 금방 휙 출발했다.

나는 승강기 문이 닫히지 않도록 다리 하나를 끼워 넣은 채 복도 옆의 좁은 창문으로 주차장을 내다보았다. 달각거리는 이상한 소리 때문에 소름이 쭉 돋았는데, 내 이빨이 세게 부딪치는 소리라는 걸 뒤늦게 깨달았다. 나는 그 정도로 떨고 있었다.

남자는 우리 집, 아니 내 방을 보러 온 게 틀림없었다! 차에 타고 있던 여자가 나를 보고서 남자에게 알린 것이다. 나는 평소보다 세 시간 일찍 돌아왔다. 그들은 내가 학교에 있을 거라고 여겼겠지. [타인들]이었다! 그들은 나에 대해 뭘 또 알고 있을까? 그리고 빌어먹을! 뭘 원하는 걸까?

나는 찝찝한 기분에 휩싸인 채 집으로 향했다. 달리 어쩔 도리가 없었다. 경찰에 전화해서 누군가 우리 집에 침입했다고 신고하면? 그럼 경찰이 왜 그런 생각을 했는지 캐묻겠지. 나는 눈이 충혈된 사람과 마주쳤다고 대답할 테고, 경찰은 그게 뭐 어쨌다는 거냐고 물어볼 거다. 결국 나는 평행 우주의 초록색 나인이 그런 사람들을 조심하라고 경고했다고 털어놓게 되겠지. 아이고, 경찰이 나를 바로 정신 병원에 처넣어도 할 말이 없게 생겼다.

현관문은 닫혀 있었다. 나는 문을 꼼꼼히 훑어봤다. 문 가장자리에 작게 긁힌 자국이 보였다. 이것이 침입의 흔적일 수도 있었다. 하지만 이미 오래전부터 긁혀 있었는데, 그동안은 내가 신경을 쓰지 않아서 못 본 건지도 모른다.

집에 들어가 내 방을 샅샅이 살펴보았다. 아무도 들어오지 않은 것 같았다. 이따금 엄마가 내 방에 들어왔는지 알아내려고 작은 덫을 놓곤 했다. 서랍에 종잇조각을 끼워 놓기도 하고, 베개 왼쪽 구석에 머리카락을 놓아두기도 했다. 누군가 베개를 들면 금세 떨어질 테니까. 그런데 모든 게 그대로였다. 내가 너무 일찍 오는 바람에 그 남자가 집 안까지 들어오지는 못한 모양이었다.

불현듯 어떤 생각이 떠올라 욕실로 달려갔다. 우리 가족의 칫솔이 알록달록한 컵에 나란히 꽂혀 있었다. 하지만 평소와는 달랐다. 아닌가? 머릿속이 온통 뒤죽박죽이었다. 나는 만능 칼을 찾아 들고서 여전히 우리 층에 서 있는 승강기로 달려갔다. 마음을 단단히 먹고 승강기에 붙은 껌을 떼어 내려 했다.

그러다 멈추고 말았다. 지금 껌을 제거하면 모든 게 그저 망상이었는지 알아낼 수가 없을 터였다. 그러면 평생토록 내내, 호호 할아버지가 되어서도 평행 우주가 정말로 존재하는지 아닌지 궁금해하겠지. 나는 만능 칼을 주머니에 넣고 13층 버튼을 눌렀다.

승강기는 올라가고 또 올라갔다. 모든 게 지난번과 똑같았다. 이번에도 13층에서는 무지갯빛이 나를 맞이했다. 나는 상대성 공간을 지나 문을 열고 강당에 들어섰다. 아무도 없었다. 강당은 수많은 탱탱볼과 탁자만 빼고 텅 비어 있었다. 어제는 탁자에 아코디언이 놓여 있었지만 오늘은 그것마저 없었다.

이건 진짜였다. 망상이 아니었다. 진짜임이 '분명'했다. 이런 상황을 생각해 낼 사람은 아무도 없을 테니까. 나는 한동안 아무 생각 없이 그냥 서 있었다. 그러다가 상대성 공간으로 가서 승강기 옆의 분전반을 자세히 살펴봤다.

교수는 이걸 '패러포트'라고 불렀다. 패러포트는 커다란 액정 화면이었는데, 거기서 무지갯빛이 뿜어 나왔다. 그때 버튼 비슷한 게 눈에 띄었다. 그걸 만지자 화면에 자판이 생겼다. 나는 망설이다가 내 이름을 입력했다. '케비…….' 자동 완성 기능이 있었다. 곧 주소록 같은 게 나타났다. '케빈 마이어. 7348-IHS-E 우주(초콜릿 우주)'라고 쓰여 있었다. 초콜릿 우주? 이게 대체 뭔 빌어먹을……?

나는 '새로 입력'을 누르고 '초록색……'이라고 썼는데, 패러포트가 나머지를 자동 완성했다. '초록색 나인 마이어. 2476-KJG-E 우주(민트 우주)'였다. 입력 버튼도 있었다. 검지로 살짝 누르자 승강기 문이 열렸다.

승강기에 올라 덜컹거리며 문이 닫히는 모습을 두근거리며 지켜보았다. 승강기가 아래로 움직이더니 6층에서 뚝 멈췄다. 다시 우리 층으로 돌아왔다! 승강기의 좁은 유리창으로 밝은 빛이 들어왔다.

하지만 승강기에서 내리는 순간, 숨이 멎는 듯한 느낌이 들었다. 내가 사는 층인 동시에 그 층이 아니었다. 현관문에 찰흙으로 빚은 초록색 하트가 걸려 있었고, 거기에는 '이곳에는 초록색 마이어들이 살아요. 2, 8, 9.'라고 쓰여 있었다.

나는 좁은 유리창으로 바깥을 살폈다. 핍스의 낯익은 주차장이 보였다. 사람들이 돌아다니고 있었는데, 모두 까만 피부에 머리카락을 팔꿈치까지 길게 땋은 모습이었다. 한참을 망설이다가 초인종을 눌렀다. 문을 열어 준 아주머니를 보고서 처음에는 나인이 하룻밤 사이에 커진 줄로 알았다. 아마도 나인의 엄마인 듯했다. 아주머니가 나를 상냥한 눈길로 바라보았다.

나는 한참이나 아무 말도 하지 못했다.

"아, 나인 친구로구나. 금방 알아보겠네."

"어떻게요?"

나는 이렇게 묻고는 무의식적으로 내 몸을 내려다봤다.

"나인 친구들은 모두 피부색과 머리 모양이 재미있으니까."

피부색이 재미있다고? 이거 혹시…… 차별성 발언인가?

"으음, 그렇죠."

나는 고개를 끄덕였다.

"이리 들어와."

나는 어리둥절한 마음으로 우리 집이 아닌 우리 집에 들어가서, 내 방이면서 내 방이 아닌 문을 노크했다. 나인이 나를 보고는 환하게 웃었다.

"케빈! 아, 미안. 케비지. 네가 마음을 바꿀 줄 알았어. 평행 우주에 처음 오면 모든 게 비현실적으로 느껴지지. 하지만 언젠가는 그런 느낌이 사라져. 내 말을 믿어. 그런데 왜 그렇게 걱정스러운 표정이야?"

"[타인들] 때문에."

나는 나지막하게 대답하며 손으로 상자 모양을 만들었다.

"내 생각에, 그 사람들이 나를 찾은 것 같아."

나인은 깜짝 놀라 충격을 받은 표정이었다.

"벌써? 이렇게 빨랐던 적은 없는데."

나는 자동차에 앉아 있던 여자, 승강기에서 나오다가 마주친 남자, 그리고 내 가방 안의 칫솔 이야기를 했다.

"심각한 것 같아."

나인이 진지한 표정으로 말하며 페퍼민트 파이프를 부글거리더니, 곧 현관으로 가서 신발 한 짝을 들고 왔다. 한 손을 신발에 넣고 손가락을 움직였다.

"뭐 해?"

"코요네 집에서 만나자고 동료들에게 문자를 보내는 거야. 코요가 지금 크라소미터를 가지고 있어."

"신발로 문자를 보낸다고?"

나인이 웃음을 터뜨렸다.

"아니, 폴리미터로."

그러고는 신발에서 구두창처럼 생긴 깔창을 꺼냈다. 그 물건은 부드러워서 잘 휘어졌는데, 손으로 만지자 아주 미세한 진동이 느껴졌다. 전기가 흐르고 있었다! 이윽고 작은 화면에 코요와 교수의 머리가 차례로 나타났다. 둘 다 짤막하게 '오케이'라는 답장을 보냈다. 나인이 깔창처럼 생긴 물건을 다시 신발에 넣었다.

"무척 실용적이야. 바깥에서 돌아다니다가 발꿈치가 간질거리면 새로운 소식이 왔다는 뜻이거든."

"흠, 아주 평범하네. 나도 그런…… 걸 받게 돼?"

나는 놀라지 않은 척 히죽 웃으며 대답했다.

"폴리미터라고 해. 그럼, 당연히 네 것도 있지. 어제 네가 갑자기 사라져 버리는 바람에 못 준 거야. 자, 가자."

나인이 내 손을 잡으려 했다. 나는 손을 슬그머니 뒤로 빼며 방 안을 쓱 둘러보았다.

"그런데 네 방 벽에 왜 우리 학교 미화원 아주머니 사진이 걸려 있는 거야?"

"저 사진? 보라색 17인데 우리 시장님이야. 유명한 가수이기도 하고. 근데 미화원이라니, 그게 무슨 말이야?"

나인이 나를 미심쩍은 눈길로 바라보며 물었다.

"우리 우주에서 살리푸 아주머니는 학교를 청소해. 화장실이나 뭐 그런 곳? 뭐, 청소를 정말로 하는 건지는 잘 모르겠지만."

나인은 기가 막힌다는 표정으로 나를 빤히 노려보았다.

"너희 세상에는 다른 사람을 위해 화장실을 청소하는 사람이 있다고?"

"어차피 누군가는 해야 하잖아? 너희는 어떻게 하는데?"

"그야 사용한 사람이 하지. 일단 나가자."

나는 고개를 저으며 나인을 따라 현관으로 나갔다. 나인은 나머지 신발 한 짝을 들고 소리쳤다.

"엄마, 케비를 승강기까지 바래다주고 올게요."

"그게 무슨 소리야?"

내가 나지막하게 물었다.

"너도 코요에게 함께 가는 줄 알았는데?"

나인이 소곤거렸다.

"이걸 꼭 명심해 둬. 우리가 어떤 세계를 떠나면 그곳의 시간은 멈추게 돼. 다시 말해서 이곳에 사는 사람들은 우리가 승강기를 타고 13층에 갔다 오더라도 아주 짧은 순간으로 인식한다는 거야. 우리가 다른 우주에 오 분을 있든, 이주일 동안 있든 아무도 알지 못해. 다른 사람에게는 그저 눈 깜박하는 시간인 거지."

"와, 정말 꼭 기억해 둬야겠네."

나인은 승강기에 탄 뒤 13층을 눌렀다. 우리는 상대성 공간에 도착해서 다른 우주로 갈아탔다. 다시 말해서 패러포트에 '코욜크사우흐퀴이 마이어, 2812-SIE-E(인디오 우주)'라는 여행 목적지를 입력하려고 승강기에서 잠깐 내린 것이다. 다시 타서 보니 승강기는 완전히 다른 모습이었다. 바닥, 천장, 벽 모두 어두운 색 목재였다. 굵은 줄들이 천장에서 내려와 바닥으로 길게 이어져 있었다. 나인이 줄을 가리키며 말했다.

"왼쪽 밧줄을 아래쪽으로 당겨."

그러고는 양손으로 밧줄 가운데 하나에 매달렸다. 내가 나인을 따라 하자 곧장 승강기가 아래로 내려갔다. 우리는 금방 12층과 11층, 10층을 지났다. 이곳에는 내가 아는 숫자가 하나도 없고 그저 낯선 기호들뿐이었다. 내가 사는 층도 거의 알아볼 수 없을 정도였다.

건물은 거대한 마름돌로 지은 듯했고, 벽에는 재규어(자동차 브랜드가 아니라 표범을 닮은 동물!)를 비롯한 환상적인 형체들이 조각되어 있었다. 창문으로 바깥을 살펴보니, 아래로 갈수록 넓어지는 계단식 풍경이 펼쳐졌다. 내 세계라면 마을버스가 서 있을 언덕 아래에서 말들이 평화롭게 풀을 뜯고 있었다.

"코요의 우주에서 핍스는 피라미드 모양이야. 이곳은 거의 모든 집을 그렇게 지어."

나인이 작은 몽둥이 비슷한 걸 집어 들더니, 천장에서부터 늘어져 대롱거리는 속 빈 대나무관 두어 개를 내리쳤다. 그러자 따뜻하고 낮은 음이 울려 퍼졌다. 이 건물에는 초인종이 없는 듯했다. 아니, 문이 없었다. 집집마다 입구에 알록달록한 커튼이 드리워 있었다. 우리 집, 그러니까 코요네 집 커튼이 옆으로 젖혀지더니 코요가 머리를 내밀었다.

"왔구나. 어서 들어와."

핍스에서는 모든 집의 평면도가 똑같았다. 그래서 아까 나인 네 집에 갔을 때는 마치 이웃집에 놀러 간 것 같았다. 그냥 우리 집에 다른 사람이 살고 있는 느낌이랄까. 하지만 여기는 평면도 만 빼면 모든 게 달랐다. 내 방과 부엌, 욕실 등이 정확하게 일치 하는데도, 기이한 문자와 따뜻한 느낌의 벽 때문에 무척 낯설게 느껴졌다. 가구는 하나도 없었다. 우리는 그냥 바닥에 앉았다. 침 대는 알록달록한 천을 여러 겹 겹쳐 놓아 부드러운 깔개 같았다. 코요는 나무줄기를 엮어 만든 커다란 바구니에 옷을 보관했다.

얼마 지나지 않아, 교수가 아코디언을 들고 나타났다.

"안녕, 케비. 이번에는 초콜릿을 가지고 왔어?"

교수가 대뜸 물었다.

"아니, 너희는 왜 매번 초콜릿 이야기를 꺼내는 거야?"

내가 되물었다.

"한번 맛보고 싶으니까. 어떤 맛인지 정말 궁금하거든."

코요가 대답했다.

"아니, 잠깐. 그럼 아직 한 번도 초콜릿을 먹어 보지 못했다는 뜻이야?"

셋은 고개를 끄덕였다.

"지금까지 알려진 우주에는 그런 물질이 없었거든. 오케이?"

교수가 말했다.

"그래서 너희가 내 세계를 '초콜릿 우주'라고 부르는 거야?"

나는 웃음이 터졌다.

"멋진 이름이잖아. 안 그래? 숫자로 된 이름은 아무도 기억하지 못해."

나인이 잠시 불평을 늘어놓는가 싶더니 얼른 화제를 바꾸었다.

"오늘 너희를 부른 이유는 [타인들]이 벌써 케비를 찾아냈기 때문이야."

두 아이는 충격을 받은 듯한 얼굴로 나를 바라보았다. 내가 다시 한번 짤막하게 상황을 설명하자, 아이들의 얼굴이 걱정으로 일그러졌다. 나는 말끝에 이렇게 덧붙였다.

"그런데 [타인들]이 내 칫솔로 뭘 하려는 건지 모르겠어."

"그건 내가 설명해 줄게."

코요가 깔개 아래에서 아름답게 조각된 길쭉한 통을 꺼냈다. 통 옆에 열쇠처럼 보이는 반짝이는 무언가가 달려 있었다. 코요가 낯선 언어로 몇 마디를 말하자 반짝임이 달라지더니 통이 덜컹 열렸다. 코요가 통을 나에게 내밀었다.

"[타인들]이 찾는 건 바로 이거야."

나는 통을 들여다보고는 당황해서 소리쳤다.

"이건 칫솔이잖아?"

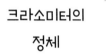

크라소미터의
정체

교수가 통에서 칫솔을 꺼내 들며 입을 열었다.

"이게 바로 크라소미터야. 만져 볼래?"

나는 무의식적으로 몸을 뒤로 뺐다. 이건 그냥 칫솔이잖아?

"한번 만져 봐."

손에 들고 살펴보아도 낯선 점은 하나도 없었다. 손잡이 아래쪽이 분리된다는 점만 달랐다. 거길 잡아당겨서 뚜껑을 빼내자 유에스비 포트가 나왔다. 교수가 환하게 웃으며 직접 발명이라도 한 것처럼 너스레를 떨었다.

"천재적이지, 오케이? 크라소미터는 아무 컴퓨터에나 연결해서 데이터를 읽을 수 있어."

"혹시 이 물건이……, 엊그제 밤에 내가 자는 모습을 찍었어?"

나인이 고개를 끄덕였다.

"맞아. 우린 네가 어떻게 생겼는지 알고 싶었거든."

코요가 말했다.

"이 물건의 장점은 변장이야. 언제 어디서나 아무렇지 않게 들고 다닐 수 있어. 어느 우주에서든 이를 닦아야 하니까. 이게 평행 우주를 찾아내는 도구라는 건 아무도 짐작하지 못할걸."

"이걸로 이도 닦을 수 있어?"

나는 장난삼아 크라소미터를 입안에 넣는 척했다.

"하지 마!"

교수가 고함을 질렀다.

"작은 칫솔모 끝마다 아주 미세한 최첨단 컴퓨터가 달려 있어. 오케이? 칫솔모 하나하나의 컴퓨터 용량이 그 어떤 대형 컴퓨터보다도 크단 말이야. 내 말이 무슨 뜻인지 알겠지?"

"대박이다."

내가 감탄해서 소리를 지르자 나인이 서둘러 주의를 돌렸다.

"다시 원래 주제로 돌아가자. [타인들]이 어떻게 벌써 케비와 그 우주를 찾아냈을까? 우리도 이제 막 발견했는데 말이야."

"크라소미터를 추적하는 방법을 알아낸 게 아닐까?"

교수가 곰곰이 생각에 잠긴 채 말했다.

"초콜릿 우주가 나타났을 때 크라소미터는 내게 있었어. 어쩌면 그들이 늘어나는 내 컴퓨터를 해킹했는지도 몰라."

"무슨 컴퓨터?"

내가 묻자 교수가 아코디언을 두드렸다.

"이건 늘어나는 컴퓨터야. 오케이? 이걸로 각종 우주의 용어를 검색해. 평행 우주에 최적화되어 있지."

"네 말대로 그들이 네 컴퓨터를 해킹했다면, 지금 우리가 하는 말도 들을 수 있는 거 아니야?"

코요가 말하자 교수는 정신 사나운 안경을 똑바로 썼다.

"그럴지도 모르지. 이걸 문 바깥에 둘까?"

"우리가 바깥으로 나가도 되지."

내가 제안했다.

"핍스 외부의 평행 우주는 어떤 모습인지 한번 보고 싶어."

셋은 내 말에 동의했다. 우리는 승강기를 타고 내려가, 낯익은 주차장 대신 사람들이 북적이는 안마당으로 들어섰다. 우리 세계의 핍스에서는 보통 낮에 일을 하지 않는 노인들이 주로 보였다. 그런데 이곳에서는 안마당을 따라 작업장과 상점들이 길게 늘어선 걸로 봐서 모두 일을 하는 것 같았다. 다들 깃털 장식과 알록달록한 무늬가 있는 옷을 입고 있었다. 분위기는 고풍스러웠지만 많은 사람들이 최신 휴대폰으로 통화하거나 최신식 도구로 일하는 모습이 눈에 띄었다.

우리는 아치형 문을 지나 바깥으로 나가서 언덕을 천천히 내려갔다. 여기서는 도시가 잘 보였다. 연립주택 단지와 쇼핑센터,

빌딩, 교회의 첨탑, 굴뚝에서 연기를 뿜어내는 공장 대신 수많은 피라미드와 진흙으로 지은 집, 그리고 그 사이로 배들이 다니는 운하가 구불구불 이어져 있었다.

　그 아래쪽은 말 방목장이었다. 많은 사람들이 말의 털을 빗는 등 분주히 움직였는데, 아마도 우리 세계에서 으스대는 사람들이 비싼 차를 손질하는 것과 비슷한 모양새였다.

　"[타인들]에 대해서 너희는 뭘 알고 있어?"

　나는 다시 주제로 돌아왔다.

　"안타깝지만 별로 많지 않아."

　나인이 고백했다.

　"[타인들]은 모두 네 명이야. 더 많을 수도 있고. 포에베와 펜리르는 너도 이미 만났어. 그런 것도 만남이라고 할 수 있다면 말이지. 어깨에 거미 문신이 있는 여자가 포에베, 금발 머리 남자가 펜리르야. 그리고 다프니스라는 남자와 시아르나크라는 여자가 더 있어. 이 사람들은 모든 세상을 돌아다니며 크라소미터를 찾는 중이야. 그들은 평행 우주 위원회 회원들이 누구인지도 알고, 또 우리가 어디에 있는지도 아는 것 같아."

　코요가 끼어들었다.

　"그야 어려운 일은 아니지. 우린 모두 똑같은 집에 사니까."

　"하지만 지금까지는 그들이 크라소미터를 찾지 못했어."

　나인이 말했다.

"우리가 매일 크라소미터를 다른 아이에게 넘기기 때문이지. 우리 중 한 명이 자기 세계로 가지고 갔다가 다음 날에 다른 아이에게 전달하니까. [타인들]은 그게 어디 있는지 그저 짐작만 할 수 있을 뿐이야."

"지금까지 상황은 그랬지. 하지만 그들이 크라소미터의 위치를 알아냈다면 우리에게 매우 심각한 문제가 생긴 거야."

교수가 툴툴거렸다.

"[타인들]은 왜 13층으로 가서 크라소미터를 빼앗지 않아?"

내가 묻자 교수가 대답했다.

"패러포트는 성인이 이용할 수 없거든. [타인들]은 아마 각 세계 사이의 두 번째 절단면을 찾아냈고, 우주 사이를 이리저리 돌아다닐 수 있는 장치를 마련했을 거야. 우린 그걸 '크립토포트'라고 불러. 하지만 우리 중에 그걸 본 사람은 아무도 없어. 지금까지 크립토포트의 존재는 그저 가설에 불과했거든."

"그러니까 너희는 [타인들]에 대해 아는 게 거의 없구나. 그 사람들이 너희의 적이라는 사실만 빼고 말이야. 아, 이제는 '우리의' 적이지."

'적'이라는 말에 세 아이는 치통을 앓는 듯한 표정을 지었다.

"맞아, 우리는 그들이 왜 그러는지 몰라. 우리를 왜 쫓는지, 크라소미터를 파괴하면 뭘 얻는지……."

나인의 대답에 교수가 덧붙였다.

"그들은 세계와 세계 사이의 연결을 차단하려고 하고 있어. 그런데 그 이유를 모르겠어. 우리가 하는 일은 아무에게도 피해를 주지 않는데 말이야."

나는 새로 생긴 내 친구들(친구가 맞겠지?)을 단호한 표정으로 바라보며 물었다.

"크립토포트를 찾아내서 없애 버리려고 시도한 적은 없어?"

세 명은 이제 아예 혼이 나간 듯한 표정을 지었다. 나는 천천히 말을 이었다.

"크립토포트가 없으면 그들이 너희 뒤를 쫓을 수 없잖아. 그러면 모두 편안해지겠지."

여전히 아무도 입을 열지 않았다. 그러다가 나인이 주저하며 말했다.

"케비……, 언젠가는 너에게 말하려고 했는데 말이야. 그거 알아? 네 우주는 다른 우주들과 무척 달라."

나는 당황하며 대답했다.

"나도 알아. 초콜릿이 있는 게 다르다며?"

"그게 전부가 아니야. 네 세계는 우리가 보기에 공격적이고 폭력적인 것 같아. 네가 '적'이라거나 '없앤다'와 같은 말을 하면 무시무시하게 느껴져."

"말도 안 되는 소리! 공격적이고 폭력적이라니, 그게 무슨 말이야?"

교수가 늘어나는 컴퓨터를 뚱땅거렸다. 아마 빙빙 돌아가는 안경알 안쪽에 숫자들이 나타나고, 지금 그걸 나에게 읽어 주는 듯했다.

"제1차 세계 대전, 사망자 1천7백만 명. 제2차 세계 대전, 사망자 7천만 명. 현재 너의 세계에서 8억 7천만 명의 사람들이 굶주리고 있어⋯⋯."

"그리고 이것도 잊지 마."

코요가 끼어들었다.

"네 세계에서는 아스테카 왕국이 완전히 멸망해 버렸어. 뭐, 그렇다고 너한테 개인적인 감정이 있는 건 아니지만."

"아이고, 고맙다. 그래서 너희 세계와 다르다고 주장하고 싶은 거야?"

내가 툴툴거리자 코요가 고개를 끄덕였다.

"대부분의 우주에서 전쟁과 기아, 독재는 이미 오래전에 사라졌어. 그래서 네 제안이 무지 낯설게 느껴지나 봐."

"잠깐, 잠깐만!"

내가 소리쳤다.

"나는 지금 전쟁이 아니라 자기 방어를 이야기하는 거야. 정확하게 말하자면 나도 그게 낯설어. 난 지금까지 한 번도 누군가와 서로 때리며 싸운 적이 없어. 맞은 적은 있지만 그건 완전히 다른 거니까. 난 평소에 엄청난 겁쟁이라고."

평소의 내 세계에서는 그랬다. 여긴 컴퓨터 게임과 거의 비슷한 평행 우주였다. 그래서 어쩌면 나 자신이 실제보다 조금 더 용감하게 느껴지는 건지도 모른다.

내가 덧붙였다.

"무조건 견디기만 할 필요는 없으니까."

"아니, 견뎌야 해."

교수가 아주 심각한 얼굴로 대답했다.

"우리의 원칙 중 하나는 그 어떤 경우에도 다른 세계에서 일어나는 일에 관여하지 않는다는 거야. 평행 우주는 매우 복잡한 데다, 그 작용 방식에 대한 연구가 제대로 이루어지지 않은 상태야. 우리가 [타인들]을 공격했을 때 어떤 일이 일어날지 전혀 예상할 수 없어. 오케이? 평행 우주에서 우린 그저 손님에 불과해. 그냥 관찰자라고. 그 무엇에도 영향을 끼쳐서는 안 돼."

나는 목소리를 높여 항의했다.

"하지만 그들이 그걸 파괴하려는 거잖아. 서로 방문하는 것 말이야."

"그래서 크라소미터를 보호하려는 거야. 오케이? 하지만 그 이상은 안 돼. 그것만 해야 한다고."

나인이 교수를 누그러뜨리려 애썼다.

"그만해. 케비도 이제 알아들었을 거야."

우리는 한동안 아무 말 없이 걸었다. 그러다가 코요가 불쑥 우리를 둘러보며 물었다.

"뭐 먹고 싶은 사람?"

우리는 그사이 언덕 아래에 도착했다. 우리 세계에서는 버스 정류장에 편의점이 있었는데, 코요의 세계에는 폭이 무지 넓은 천막이 서 있었다. 천막에서는 낯선 음식들이 화구에서 지글지글 구워지며 맛있는 냄새를 풍겼다. 좀 전에 학교 식당에서 점심을 먹었는데도 배가 슬슬 고팠다.

"아, 돈이 없는데 어떡하지?"

내가 난처한 얼굴로 말했다.

"어차피 그 돈이라는 건 여기서 통하지 않아."

코요가 어깨에 멘 가방을 뒤져 알록달록한 새 깃털을 한 움큼 꺼내 들고 노점으로 향했다. 나머지 세 명은 부드러운 풀밭에 자리를 잡아 앉았다.

"[타인들]은 언제 나타난 거야?"

내가 질문을 던지자 나인이 대답했다.

"그 사람들은 언제나 있었어. 우리가 지금 너에게 설명해 주는 것처럼, 앞선 동료들이 우리에게 그 이야기를 들려주었지."

"무슨 뜻인지 모르겠네. '앞선 동료'라니?"

"우리도 처음부터 평행 우주를 돌아다닌 건 아니야. 우리도 너처럼 쪽지를 발견하고 평행 우주 위원회 회원이 되었지."

교수가 대답했다.

"아, 그렇구나. 그럼 '너희보다 앞선' 아이들은 이 일에 대해 뭐라고 하는데?"

"이제 더는 그들에게 물어볼 수 없어. 그들이 이제 없으니까. 오케이?"

나인이 덧붙였다.

"우리가 더 나이가 들면 '망각'이 시작돼. 망각은 다른 일에 관심이 생겨 13층에 오는 일이 점점 드물어지는 걸로 시작하지. 그러다가 평행 우주의 존재를 완전히 잊어버리는 거야."

교수가 말했다.

"그게 어른이 되는 것과 관계가 있는 것 같아. 아이가 사라지면 그 세계도 평행 우주에서 사라지지. 누군가 승강기에서 13층 버튼을 없애 버렸기 때문일 수도 있고. 어쨌든 우리는 망각에 빠진 동료와 더불어 그 우주도 잃어버리게 돼. 언젠가 새로운 세계가 다시 발견되기 전, 그러니까 다른 아이가 새로운 회원이 되기 전까지 말이야."

13층이라고 쓰여 있는 껌을 떼려고 바지 주머니에 넣어 둔 만능 칼이 엉덩이 아래에서 묵직하게 느껴졌다. 그랬더라면 나의 세계도 평행 우주에서 사라졌을 것이다. 그때 코요가 납작한 빵 두 개를 손에 들고 돌아왔다. 우리 옆에 앉더니, 나에게 한 개를 건넸다. 케밥처럼 생겼는데 향도 약간 비슷했다.

"고마워!"

나는 급히 한 입 깨물었다. 그러자 입안에서 바삭한 것이 부서졌는데 생각보다 꽤 고소하고 맛있었다.

"음, 맛있다. 이게 뭐야?"

"납작한 옥수수 빵. 그리고 속에 든 건 튀긴 메뚜기야."

내가 씹는 걸 멈추자 세 명이 동시에 웃음을 터뜨렸다. 나는 입속의 빵을 뱉을까 말까 잠시 고민했다. 하지만 그러기엔 너무 맛있었다. 그래서 와작와작 씹다가 웃으면서 말했다.

"좋네, 뭔가 새로운 걸 먹는다는 건."

"무척 건강한 식품이야. 메뚜기는 단백질이 풍부하거든."

그때 나인이 일어나서 주의를 모았다.

"위원회를 소집해야겠다. 동료들의 생각을 알고 싶어."

그러고는 내게 말했다.

"어차피 네가 다른 회원들을 만나 볼 시간이기도 해. 내일 학교 가기 전에, 어때?"

"학교 가기 전이라니? 그러면 도대체 몇 시에 일어나야 한다는 거야? 절대 안 돼!"

"평소와 똑같은 시각에 일어나면 돼."

코요가 웃으며 대답했다.

"이젠 너도 잘 알잖아. 13층에서는 시간이 멈춘다는 걸."

신입 회원
환영회

다음 날 아침 식사를 마친 후, 나는 지극히 평범하게 버스를 타러 가는 것마냥 책가방을 챙겼다. 그러면서 편의점에서 사 온 초콜릿 여러 개를 책가방에 얼른 쑤셔 넣었다. 그다음에는 엄마에게 인사를 하고, 아무 일도 없다는 듯 승강기를 타고 13층으로 올라갔다.

13층은 나를 '신입 회원'으로 환영하는, 아주 진기한 외모의 아이들로 몹시 붐볐다. 팔이 네 개인 아이는 나와 네 번 주먹 인사를 했고, 숨 막히도록 아름답게 헤어스타일을 꾸민 아이는 프리실라라고 자기소개를 했다. 은빛 비늘로 뒤덮인 아이가 내게 손을 흔들 때 보니 손가락 사이에 물갈퀴가 있었다. 머리가 납작하고 온몸이 털투성이에다가 송곳니가 튀어나온 아이는 이해할 수 없는 소리를 내며 인사를 건넸다. (음, 인사였겠지?)

강당에 들어설 때 키가 족히 삼 미터는 되어 보이는 아이가 가장 먼저 눈에 띄었다. 그중에 3분의 1은 가느다란 목이었는데, 무늬는 기린과 비슷했지만 색깔은 표현하기가 거의 불가능했다. 사실 여자인지 남자인지도 알 수 없었는데, 이곳에는 성별을 짐작하기 어려운 아이들이 꽤 많았다.

아이들 대부분은 유니폼―그러니까 내 잠옷을―입고 있었다. 한 명 한 명 따로 인사하기란 불가능했지만 팔십여 명이라는 사실은 틀림없었다. 나인이 강당에 들어서자 아이들은 무언의 명령이라도 받은 듯 모두 탱탱볼에 걸터앉았다. 나도 빈 탱탱볼을 발견하고 잽싸게 앉아서 다른 아이들처럼 몇 번 까닥거렸다.

그런데 나인이 부르는 바람에 금방 도로 일어나야 했다. 나는 평행 우주 위원회 회원들의 우레와 같은 박수갈채를 받으며 강당 한가운데에 있는 탁자로 향했다. 이윽고 나인이 장엄한 몸짓으로 신발 깔창을 건네주었다. 폴리미터였다! 나는 감동이 스민 얼굴로 왼쪽 신발을 벗고 폴리미터를 신발 바닥에 깐 다음 다시 신었다.

내 자리로 막 돌아가려고 하는데 나인이 대뜸 이렇게 말하며 내 발걸음을 붙잡았다.

"케비가 어제 우리에게 흥미로운 제안을 했어. 다 같이 들어 보자."

나는 얼떨떨한 눈길로 여든 쌍의 눈을 바라보았다. (아니, 정확하게 말하면 여든한 쌍이다. 팔 네 개인 아이 옆에 앉은 애의 눈이 네 개였으니까.) 많은 사람들 앞에서 뭔가 말할 때면 나타나는 커다란 덩어리가 배 속에서 올라오다가 목에 턱 걸렸다.

나는 침을 꿀꺽 삼킨 뒤 더듬거리며 말문을 열었다. 금발의 펜리르가 우리 집 초인종을 눌러 엄마와 대화를 나눈 일, 다음 날 문신을 한 포에베와 마주친 일, 그들이 내 가방과 우리 집 욕실에서 크라소미터를 뒤진 흔적을 발견한 일 등을 늘어놓았다. 예상과 달리 아무도 웃지 않았다.

내가 이미 [타인들]을 만났다는 사실에 존경심 같은 걸 보이는 듯하기도 했다. 내 얘기가 끝나자마자 열띤 토론이 벌어졌다. 교수는 [타인들]이 나를 이렇게 일찍 발견한 이유에 관해 다양한 이론을 내놓았다. 토론이 진행되면서 점점 더 많은 이론이 덧붙여졌다.

"어쩌면 [타인들]은 미래에서 왔을지도 몰라."

물갈퀴가 있는 은빛 아이가 큰 소리로 말했다.

"아마도 그들은 생각을 읽을 수 있을 거야."

반짝이는 마스크를 쓴 아이가 칙칙대는 기계음으로 말했다. 그때 나인이 나서서 말을 끊었다.

"케비가 우리에게 제안할 게 있대."

모든 시선이 다시 나를 향했다. 나는 몸이 뜨거워졌다. 아마 얼굴도 새빨개졌을 것이다.

"흐음, 제안인지는…… 잘 모르겠어."

나는 우물쭈물하며 대답했다. 아까처럼 더듬거리며 말을 시작했지만, 내 말의 울림이 꽤 명확하고 단호해졌다. 우리가 [타인들]을 피해 늘 숨어 다닐 수는 없다고, 가끔은 스스로를 방어할 수 있어야 한다고 말했다. 왠지 말하는 사람이 내가 아닌 것 같았다. 여태껏 한 번도 이렇듯 강렬하게 의견을 주장해 본 적이 없었다.

나는 짐짓 힘주어 말했다.

"[타인들]에 대해 더 많은 것을 알아내야 해. 그들이 어디에 사는지, 크립토포트는 어디에 있는지 등등. 이다음에 그들이 또 나타나면 미행을 해 보는 게 어때? 그런 식으로 시작하는 거지."

코요가 내 말에 고개를 끄덕였다. 그러자 그 끄덕임이 돔형 강당에 파도처럼 점점 넓게 퍼져 나갔다. 웬일인지 교수만 팔짱을 낀 채 그대로 앉아 있었다.

코요가 천천히 입을 뗐다.

"너희 중 누구든 [타인들]을 보면 바로 우리에게 알려 줘. 그러면 우리가 최대한 빨리 그들의 뒤를 밟을 테니까."

"반대하는 사람 있어?"

나인이 이렇게 물으며 교수를 빤히 바라보았다. 교수는 그저 어깨만 으쓱했다.

"좋아, 그럼 그렇게 하기로 해. 아, 한 가지 더 있어. 너희도 알다시피, 망각으로 인해 평행 우주 특수부에 빈자리가 하나 생겼어. 나는 케비를 추천하고 싶어."

"난 그게 뭔지도 모르는데?"

나인이 대꾸했다.

"맞다, 너한테 그걸 설명하지 않았구나. 교수랑 코요, 내가 지금 평행 우주 위원회의 특수부에 소속되어 있어. 줄여서 '특수부'라고 부르지. 말 그대로 특수한 일을 처리하는 부서야. 네가 들어오면 좋겠는데."

나인이 싱긋 웃었다.

"나는……."

내가 잠시 망설이는 사이, 나인이 아이들을 둘러보며 물었다.

"찬성하는 사람? 그래, 좋아. 케비, 넌 이제 만장일치로 특수부 요원이 되었어. 진심으로 환영한다."

나는 멍하니 선 채 쏟아지는 박수갈채를 받았다. 이상하게도 기분이 아주 좋았다.

"자, 오늘 할 일은 다 끝났어. 혹시 또 중요한 일이 있을까?"

나인의 말에 모두 고개를 저었다. 그때 불현듯 뭔가 떠올랐다.

"내가 가져온 게 있어!"

그러고는 책가방에서 초콜릿을 꺼냈다.

"이게 초콜릿?"

코요가 경외심을 보이며 물었다.

"맞아, 바로 그거야."

나는 자랑스럽게 대답하고 초콜릿을 주위에 앉은 아이들에게 나눠 주었다. 아이들은 포장을 뜯고 은박지를 벗겨 조심스럽게 냄새를 맡은 다음, 한 조각씩 떼어 내고는 나머지를 옆으로 건넸다. 곧이어 감탄이 섞인 탄성이 돔형 천장에 울려 퍼졌다.

회원들은 곧 흩어지기 시작했다. 자기 우주의 학교로 가려고 한 명씩 차례로 강당을 나섰다. 나중에는 코요와 교수와 나인만 남았다.

"이건 정말 다른 것과 비교할 수 없구나. 우아, '초콜릿'이라니! 이름도 너무 아름다워."

코요가 말했다.

"나는 미처 그런 생각을 못해 봤는데."

내가 대답하자 나인이 끼어들었다.

"네 계획이 이 초콜릿처럼 훌륭하다면 [타인들]은 이제부터 아주 조심해야겠구나."

나인의 말에 교수가 동의했다.

"앞으로 어떻게 진행될지 진짜 궁금해. 네 말대로 [타인들]을 미행하는 데 성공한다면 말이야."

"그건 그때 가서 고민해 보자."

나는 이렇게 대답하고는, 느긋한 내 태도에 스스로 놀랐다. 특수부에 소속되어 이미 많은 사건을 해결한 것마냥 으쓱해졌다. [타인들]과 같은 문제도 손쉽게 풀 수 있는 베테랑이라도 된 것처럼. 세 명을 안 지 겨우 하루밖에 지나지 않았지만 함께 팀을 이루어 뭐든 할 수 있을 것 같은 느낌이 들었다. 하지만 안타깝게도 함께 학교에 갈 수는 없었다.

"이제 가 봐야겠다."

나는 이렇게 말하고 무의식적으로 시계를 봤다. 7시 31분이었다. 아까 승강기를 탈 때와 같은 시각이었다. 우리는 강당을 나와 상대성 공간에서 승강기 버튼을 눌렀다. 승강기를 타기 전에 코요가 나를 붙잡더니, 크라소미터가 들어 있는 통을 책가방에서 꺼냈다.

"네가 가지고 갈래?"

나는 잠시 망설였다.

"네가 가지고 있으리라고는 그들이 전혀 짐작하지 못할 거야. 어제 네 집을 뒤졌으니까."

코요의 제안에 내가 대답했다.

"우리가 그렇게 생각할 거라고 짐작하면 어떡하지?"

코요 대신 교수가 말했다.

"그러면 그들도 우리가 자기들의 생각을 짐작할 거라고 생각할 테니까 너한테 있다고는 짐작하지 못할 거야. 오케이?"

무슨 말인지 알아들을 수는 없었지만, 교수 입에서 나오는 말은 뭐든지 논리적으로 들렸다. 나는 결국 코요가 내민 통에서 크라소미터를 꺼내, 내 가방에 들어 있는 진짜 칫솔과 바꾸었다.

"얘들아, 이건 정말 진짜 그냥 물어보는 건데 말이야. 크라소미터가 최신 컴퓨터라면……, 혹시 과학 발표 과제를 대신 써 줄 수 있지 않을까?"

"꿈도 꾸지 마!"

교수가 얄밉게 쏘아붙이더니, 승강기에 타고서 손을 흔들었다. 코요와 나인이 그 뒤를 따랐다. 나는 뒤따라 타려다가 잠깐 멈춰 서서 생각에 잠겼다. 하루 종일 여기서 놀아도 되지 않을까? 내가 사라졌다는 걸 아무도 모를 텐데.

하지만 내가 다시 돌아가면 여전히 7시 31분일 테고, 어차피 학교에 가야 한다. 그래, 오늘 할 일은 그냥 빨리 해치우자.

때 아닌
추격전

나는 학교에서의 평범한 하루를 고통스럽게 견뎌야 했다. 시간은 너무 천천히 흘렀다. 물론 '어떤 일'이 일어나야 좋을지는 알 수 없었다. 그렇지만 무엇보다 견디기 힘든 건 내 경험에 관한 이야기를 나눌 사람이 아무도 없다는 점이었다.

학교에서 돌아온 뒤에는 엠레의 침대에 한참이나 쭈그리고 있었다. 나는 참다 못해 게임기를 옆에 내려놓고 말문을 열었다.

"친구, 내가 지금 너한테 아주 괴상한 이야기를 하려고 하는데 나를 비웃거나 미쳤다고 생각하면 절대 안 돼."

"넌 이미 미쳤거든? 내가 비웃을지는 두고 봐야 알겠지만."

엠레가 대답했다.

나는 쪽지 이야기를 시작으로 13층, 돔형 강당, 나인과 코요와 교수, [타인들], 튀긴 메뚜기로 속을 채운 옥수수 빵, 내가 가져갔던 초콜릿의 영향력에 대해 장황하게 늘어놓았다. 이야기를 다 마치자, 엠레는 오랫동안 아무 말도 없이 나를 빤히 바라봤다.

"와, 친구! 대박이다, 대박이야. 어디서 읽거나 아니면 들은 이야기야? 그것도 아니면 혼자 생각해 낸 거야?"

"응?"

내가 되물었다.

"아주 엄청난 이야기야. 케비, 이 이야기를 글로 써 봐. 아니, 게임으로 만드는 게 낫겠다. 그럼 백만장자가 될 거야!"

엠레는 내 말을 믿지 않았다. 그나마 비웃지는 않았다.

"그런데 한 가지 문제가 있어."

엠레가 말을 이었다.

"초콜릿 말이야. 그 여자아이……, 이름이 코요테랬나?"

"코요."

"아스테카 사람이라고 했지?"

"문화만 아스테카야. 이 건물에 살지만 다른 우주야."

엠레가 고개를 끄덕였다.

"그런데 초콜릿을 모른다면서? 그게 잘못된 거 같아. 초콜릿은 아스테카 사람들이 발견했다고. 설마 몰랐어?"

"내가 그걸 어떻게 알아?"

게임만 좋아하는 것치고 엠레는 아는 게 많았다. 아, 혹시 그래서 코요가 초콜릿이라는 말이 아름답다고 한 걸까? 나는 크라소미터와 왼쪽 신발을 엠레에게 내밀었다.

"칫솔과 신발 한 짝."

엠레는 이렇게 중얼거리더니, 푸하하하 하고 웃음을 터뜨렸다. 그때 신발이 내 손에서 진동했다.

"이것 봐! 소식이 왔어!"

프리실라에게서 온 소식이었다.

'그들이 여기 있어! 로만 우주에. 얼른 와!'

순간 머리카락을 무진장 높게 쌓아 올렸던 아이가 떠올랐다.

"우아, 뭐야? 엄청 멋지잖아? 진짜 같아."

엠레가 놀라서 소리쳤다.

"'진짜' 맞아."

나는 이렇게 대답하며 신발을 다시 신었다.

"나, 가 봐야 해. 내 책가방 여기에 잠깐 둬도 되지?"

나는 벌떡 일어나 현관으로 달려갔다. 엠레가 뒤따라오며 달래려고 애를 썼다.

"야, 내가 안 믿는다고 너무 기분 나쁘게 생각하지 마."

"기분 나쁜 게 아니야. 정말 가야 해서 그래. 동료들이 도움을 청하고 있다고."

현관문을 열고 복도로 나서는데, 멋진 아이디어가 번개처럼 머릿속에 떠올랐다.

"같이 가자! 다 보여 줄게."

엠레가 미심쩍은 표정으로 나를 바라보았다. 나는 엠레의 후드 스웨터 소매를 잡고 승강기 안으로 잡아끌었다.

"자, 보이지? 13층 버튼이 있잖아."

나는 버튼을 눌렀다. 하지만 아무 일도 일어나지 않았다. 다시 한번 눌렀다. 가만히 지켜보던 엠레가 인상을 확 찌푸렸다.

"뭔가 이상한데?"

내 말에 엠레가 쏘아붙였다.

"이상한 건 너 아니야? 씹다 만 껌 좀 그만 만지작거려."

"일단 나가 봐. 나 혼자 있어야 작동하는 건가 봐."

"빌어먹을!"

엠레가 툴툴거리며 승강기에서 나갔다. 승강기 문이 닫히자마자 나는 다시 껌을 꾹 눌렀다. 승강기가 곧장 위로 올라갔다.

상대성 공간에 가 보니, 특수부는 나만 빼고 이미 모두 모여 있었다. 코요의 눈은 모험에 대한 기대로 반짝였고, 나인은 긴장한 표정으로 페퍼민트 파이프를 부글거렸다. 교수는 이마를 잔뜩 찌푸리고 있었다. 그러다 내가 도착한 걸 보고는 패러포트에 목적지를 '로만 우주'라고 입력했다. 우리는 곧 '프리실라 아우렐리아 아그리피나 마이어'의 세계로 내려갔다.

6층에서 승강기 문이 열리자 베란다, 아니 회랑이 나타났다.

정사각형 회랑이 아래쪽에 깊숙히 자리 잡은 안뜰을 에워싸고 있었다. 회랑은 안뜰을 향해 트여 있었는데, 난간 위에 돌로 만든 아치가 솟아 있었다. 위아래 열한 개 층으로 이루어진 회랑은 모두 똑같은 모양이었다. 집과 집이 회랑을 통해 이어졌다.

프리실라가 문간에서 우리를 맞으며 흥분한 얼굴로 들어오라고 손짓했다. 나는 프리실라를 따라가면서 나인에게 나지막하게 속삭였다.

"여긴 고대 로마 장식이 많은 거 같네?"

"여기가 로마니까. 하지만 고대 로마는 아니야. 이 우주에서 로마 제국은 멸망한 적이 없거든."

나인이 대답했다.

"뭐야, 소름 끼쳐."

"관점의 차이야. 천 년 동안 평화를 누리고 있잖아."

프리실라는 자기 방으로 들어가, 창가 커튼을 옆으로 조금 밀었다. 우리는 한 명씩 차례로 바깥을 엿봤다. 자연 경관은 눈에 익었지만 풍경은 무척 낯설었다. 신전과 개선문이 하늘과 맞닿은 채 윤곽선을 그리고 있었다.

안뜰에 자동차들이 서 있었는데, 그중 한 대에 남자와 여자가 기대어 이야기를 나누고 있었다. 놀랍게도 펜리르와 포에베였다! 이곳의 자동차들은 일반적인 자동차보다 지붕이 높아서, 안에서도 서 있는 게 가능할 것 같았다. 앞에서 끄는 말만 없을 뿐,

지붕이 달린 고대 전차처럼 보였다.

그러고 보니 엔진도 없었다. 자동차 크기에 따라 굵다란 닻줄과 철제 축이 달린 견인기가 둘에서 넷, 또는 여섯 개씩 차 앞에 묶여 있었다. 마치 핸들과 안장이 없는 오토바이처럼 보였다. 말 대신 오토바이가 끄는 고대 전차 같다고나 할까?

"우아, 한번 타 보고 싶다."

내 말에 나인이 대답했다.

"아마 타게 될 거야. [타인들]을 미행하는 게 우리 계획이니까. 프리실라, 차 한 대 구할 수 있을까?"

"차고에 엄마 차가 있어."

프리실라가 금색 열쇠를 내밀었다.

"오늘은 버스를 타고 출근하셨거든. 아무튼 조심해서 운전해야 해. 알았지?"

"당연하지."

코요가 열쇠를 받아 쥐었다.

잠시 후 우리는 승강기를 타고 지하실로 내려갔다. 내 우주에서는 지하실에 핍스 뒤편으로 출구가 하나 더 있었다. 이곳도 그랬다. 우리는 [타인들] 눈에 띄지 않고 건물을 빙 돌아서 주차장으로 갔다. 차고 문에 번호가 붙어 있었는데, 죄다 로마 숫자로 쓰여 있었다. 프리실라는 어떤 차고가 자기네 것인지 말하지 않았다. 하지만 우리는 똑같은 집에 살고 있어서 쉽게 찾아낼 수 있었다. 87번 차고. 로마 숫자로 하면 LXXXVII이었다. 다행스럽게도 교수가 로마 숫자를 읽을 줄 알았다.

우리 엄마처럼 프리실라 엄마도 소형차를 타는 모양이었다. 오토바이처럼 생긴 견인기가 두 개 묶여 있었기 때문이다. 코요가 열쇠의 버튼을 누르자 삑 소리가 나더니 이내 차문이 열렸다. 핸들 대신 커다란 금속 고리 두 개가 있었는데, 전기 채찍처럼 보이는 물체와 연결되어 있었다. 교수와 나는 무척 넓은 뒷좌석에, 나인은 코요 옆 조수석에 자리를 잡았다.

"네가 이걸 운전할 줄 안다고?"

내가 미심쩍다는 듯이 묻자 코요 대신 나인이 대답했다.

"코요는 모든 차와 비행기를 조종할 줄 알아. 그것도 모든 우주에서 말이야. 네가 거실 소파에 제트 추진기를 조립해서 달면 너네 집에서도 운전할 수 있을걸."

코요가 열쇠를 구멍에 넣고 돌리자 낮게 웅웅대는 소리가 나더니 견인기에 시동이 걸렸다. 우리는 주차장을 느긋하게 한 바퀴 돌며 [타인들]의 차를 지나쳤다. 눈이 빨갛게 충혈된 펜리르와 포에베는 핍스 4번(여기서는 IV이다.) 건물만 노려보고 있었다. 우리가 경적을 울리고 깃발을 흔들며 지나간다고 해도 아마 몰랐을 것이다.

코요가 그들과 거리를 좀 두고 차를 세운 뒤 이렇게 물었다.

"이제 어떻게 해?"

그러자 모두 나를 바라보았다. 나는 헛기침을 했다.

"내가 계획 담당이야?"

"이건 네 아이디어잖아."

나인이 다그치듯 말하자 나는 부루퉁한 얼굴로 곧장 반박했다.

"우두머리는 너잖아?"

"훌륭한 우두머리는 팀원들이 자기 재능을 발휘할 기회를 고루 주는 법이지."

나인이 한껏 거드름을 피우며 파이프를 부글거렸다.

"참 훌륭하네. 그렇다면 내 재능은 빈둥거리며 쉬는 거야."

"그건 전혀 계획처럼 들리지는 않는데?"

이번에는 교수가 툴툴거렸다.

"뭐 더 좋은 생각 있어? 우린 [타인들]이 떠날 때까지 기다리는 수밖에 없어. 그때 쫓아가면 돼."

"하지만 그때가 되려면 몇 시간이 걸릴지 몰라."

코요가 말했다.

"초콜릿이라도 가지고 왔으면 또 몰라."

그때 나인이 외쳤다.

"앗, 저기 움직인다!"

교수와 나는 뒤에서 목을 길게 잡아 뺐다. [타인들]이 탄 자동차가 움직이더니 곧 도로로 접어들었다. 우리는 그 차를 슬슬 뒤쫓았다. 곧장 언덕을 내려가 버스 터미널 옆의 공터를 지났다.

그때 갑자기 [타인들]이 시내 2차선 도로 쪽으로 방향을 틀었다. 그러자 여섯 개의 견인기가 요란한 소리를 내며 앞으로 튕기듯이 빠르게 나아갔다.

코요는 채찍의 양쪽 고리를 재빨리 움직였다. 순간 뒷좌석에 탄 교수와 나는 부드러운 쿠션에 세차게 부딪혔다. 나인은 넘어지기 직전에 가까스로 손잡이를 잡았다. 코요는 견인기가 덜컹거리자 어두운 눈빛으로 전기 채찍을 느슨하게 움직였다. 마치 말처럼 금방이라도 히힝댈 것만 같았다.

"[타인들]이 갑자기 왜 저렇게 빨리 달리지?"

내가 소리치자 코요가 대답했다.

"우리가 뒤쫓는 걸 알아챘나 봐!"

나인이 한 손으로 손잡이를 움켜쥔 채 우리에게 몸을 돌리고 소리쳤다.

"그게 무슨 뜻인지 알아?"

나인의 땋은 머리가 팔꿈치께에서 달랑거렸다.

"우리가 들켰다는 거?"

나인이 얼굴을 환하게 빛내며 웃었다.

"아니! [타인들]이 우리를 두려워한다는 뜻이야! 우리를 피해 도망치잖아! 세상에, 누가 이럴 거라고 생각이나 했겠어?"

바로 그 순간, 코요가 모퉁이를 급하게 도는 바람에 나인의 얼굴이 차창에 부딪히고 말았다. 나는 하마터면 교수한테 엎어질 뻔했다.

"빌어먹을, 안전벨트가 어디 있을 텐데?"

나인이 화를 내자 코요가 소리쳤다.

"다 같이 외쳐 보면 되지 않을까?"

우리는 온 힘을 다해 큰 소리로 외쳤다.

"안—전—벨—트으으!"

아무런 변화도 없었다. 차는 여전히 쏜살같이 달리고 있었다.

"라틴어로 해 봐!"

코요가 소리치자, 교수가 늘어나는 컴퓨터 자판을 두드리더니 재빨리 외쳤다.

"킨굴리 세쿠리타티스!"

그러자 등받이에서 순식간에 안전벨트가 튀어나와 우리를 차례로 감쌌다. 그사이에 견인기가 여섯 개인 [타인들]의 차는 저만큼 달아나 있었다. 나인은 몸을 뒤로 돌리고서 견인기 소음을 뚫고 소리쳤다.

"너무 늦어. 교수, 뭔가 좀 해 봐!"

"계기판에 접속해야 하는데."

교수가 대답하며 자판을 두드리자, 스피커에서 엄청나게 시끄러운 기타 연주 소리가 쏟아졌다.

"아이고, 미안. 실수!"

교수가 계속 자판을 두드렸다. 갑자기 우리 차의 견인기가 요란한 소리를 내더니 엄청난 속도를 내기 시작했다. 그 덕분에 재빠르게 [타인들]을 따라잡았다! 마침 원형 교차로에 도착한 [타인들]은 다른 차 사이로 끼어드느라 속도를 늦추었다. 우리는 곧장 원형 교차로로 달려갔다.

그 바람에 주위에서 대혼란이 일어났다. 다른 차들이 추돌하기 직전에 간신히 멈춰 서자, 여기저기서 팡파르 비슷한 소리가 울려 퍼졌다. 아마도 그게 경적인 듯했다. 차창 뒤편에서 화난 얼굴과 거칠게 흔드는 손이 보이는가 싶더니, 차들이 서로 팡파르를 울려 대면서 순식간에 아수라장이 되었다.

우리는 어느새 큰 도로로 접어든 [타인들]의 뒤를 급히 쫓았다. 아치와 둥근 천장이 머리 위로 휙휙 지나갔다. 길가에는 밝은 색 천을 어깨와 허리에 묶은 남자들과 머리를 예술적으로 쌓아 올린 여자들이 우리를 쳐다보며 고개를 갸우뚱거렸다.

어느 순간 [타인들]을 쫓아 모퉁이를 휙 돌았는데……, 아무리 둘러봐도 앞쪽에 아무것도 보이지 않았다. 코요가 도로 한가운데로 나아가며 욕을 내뱉었다.

"빌어먹을!"

그때 [타인들]의 차가 반대편 차선에서 다가와 우리 차를 순식간에 지나쳐 가는 게 보였다. 코요는 채찍을 움켜잡고서 마주 오는 버스보다 먼저 아슬아슬하게 유턴을 했다.

추격전은 시내를 벗어나 산업 지구로 이어졌다. 그런데 갑자기 지금까지와는 다른 경적 소리가 들려왔다. 목을 빼고 뒷유리창으로 내다보니 파란색 경광등이 번쩍거렸다.

"경찰이다!"

내가 소리치자 교수가 투덜거렸다.

"아이고, 엎친 데 덮친 격이네. 지금껏 평행 우주 위원회 회원이 법을 어긴 적은 한 번도 없었는데 말이지."

그때 [타인들]의 차가 우회 도로로 꺾어 들어갔다. 우리 세계에서 이 우회 도로는 건설 중이었다. 곧 차단목이 나타났다.

"우리 세계에서는 이제 다리가 나와! 아직, 아직 다 지어지지 않은 다리!"

내가 고함을 질렀다.

"우리 세계에서도!"

나인과 교수, 코요가 동시에 외쳤다.

[타인들]이 차단목을 치고 지나가자 표지판이 허공으로 날아갔다. 교수는 굳은 얼굴로 컴퓨터 자판을 부지런히 두드렸다. 코요는 속도를 더 높였다. 어디선가 날아온 경고판이 앞유리에 부딪히면서 거미줄처럼 얼기설기 금이 갔다.

"프리실라에게 이걸 어떻게 설명해야 하지?"

나도 모르게 이런 말이 툭 튀어나왔다.

"설명할 수 있는 상황이면 다행이게?"

교수가 대꾸했다. 그러는 사이에 다 지어지면 다리가 될, 지금은 그저 경사대 모양의 받침대가 나타났다. 그 뒤에는 아래로 향하는 또 다른 경사대가 있었고, 그 사이에는 아무것도 없었다. 교수가 재빨리 계산했다.

"12미터 73센티미터야. 코요, 시속 80킬로미터로 달리면 성공할 수 있어. 오케이?"

코요가 속도계를 흘깃 봤다.

"여긴 시속 몇 킬로미터라고 쓰여 있지 않아!"

"잠깐만!"

교수가 다시 자판을 두드렸다. 그때 [타인들]의 차가 공중으로 떠올랐다. 여섯 개의 견인기가 달린 차가 산타클로스의 썰매처럼 보이는가 싶더니, 허공으로 잠깐 떠올랐다가 요란한 소리를 내며 두 번째 경사대로 미끄러져 들어갔다.

"브레이크! 하지 마!"

교수가 새된 비명을 질렀다. 아니 나인이었나, 아니면 나였던가? 모르겠다. 우리는 누구랄 것 없이 소리를 마구 질렀다. 그러다가 갑자기 무중력 상태가 되었다. 코요가 견인기에서 온 힘을 짜내어 허공으로 솟구쳐 오른 것이다.

나는 숨이 턱 막혔다. 아랫배에 구멍이 난 것처럼 뇌가 배로 미끄러져 내리는 기분이었다. 손톱이 쿠션을 파고들었다. 우리 앞에 드넓은 하늘밖에 없다가 뭔가 다른 풍경이 눈에 들어왔다. 아니, 실제로는 자동차가 아래로 추락하는 중이었다.

그때 두 번째 경사대가 우리 쪽으로 날아오면서 금속성 굉음이 울리더니 네 명 모두 높이 솟구쳤다. 불현듯 중력이 다시 나타나고, 존재하지 않는 다리는 이미 뒤쪽으로 오십 미터쯤 물러나 있었다. 나는 그제야 우리가 허공을 뛰어넘는 데 성공했다는 사실을 깨달았다! 뒤를 돌아보니 먼지 구름 사이로 청색 경광등이 점점 멀어지고 있었다. 경찰이 추적을 포기한 모양이었다.

　　[타인들]은 방향을 꺾어 우리 시야에서 잠시 사라졌다. 낡고 쇠락한 지역이었다. 상점들은 대부분 문을 닫았고, 진입로에는 잡초가 무성했다. 막다른 골목에 금방이라도 무너질 것 같은 자동차 정비소가 하나 있었다. 제일 끝에 차고 몇 개가 보였다. 그중 꽤 새것처럼 보이는 어떤 차고의 문이 막 닫히는 중이었다.

　　코요는 길가에 차를 세우고 견인기 시동을 끈 다음 심호흡을 했다. 갑자기 정적이 흘렀다. 나인이 물고 있는 페퍼민트 파이프가 나지막하게 부글거리는 소리만 들렸다. 교수가 마지막 힘을 짜내어 조그맣게 소곤거렸다.

　　"킨굴리 세쿠리타티스……."

　　안전벨트가 쩜쇠에서 빠지더니 스르르 풀렸다. 문을 열고 내리려고 했지만, 무릎이 후들거리는 바람에 뜻대로 되지가 않았다. 어렵사리 차에서 내린 뒤, 주춤주춤 차고 문으로 다가갔다. 다섯 개 중 가운데 차고였는데, 손잡이나 자물쇠가 없는 신식 문이 달려 있었다. 아마 리모컨으로 여닫을 수 있는 모양이었다.

요란한 추격전에서 제일 먼저 정신을 차린 사람은 나인이었다. 나인이 단호한 목소리로 지시했다.

"나는 오른쪽, 너는 왼쪽으로 가. 코요와 교수는 여기서 문을 감시하고."

　나는 코요와 교수처럼 가만히 문이나 지키고 싶었다. 하지만 내 아이디어로 인해 벌어진 일이므로 고분고분 따를 수밖에 없었다. 곧바로 가시덤불을 헤치며 앞으로 조심조심 나아갔다.

　차고 뒷면에 작은 창문이 여러 개 있었다. 나인과 나는 가운데 창문에 거의 동시에 도착했다. 어두컴컴한 차고 안쪽에 [타인들]의 차가 서 있었다. 하지만 사람은 보이지 않았다.

　나인이 왼쪽 신발을 벗어 번개처럼 빠르게 문자를 입력했다.

"혹시 앞문으로 나온 사람 있어?"

　교수가 답장을 보냈다.

"아니."

"비밀 통로가 있는 걸까?"

"아니면 차 안에 숨어 있는지도 모르지."

　내가 소곤대자 나인이 대답했다. 바로 그 순간, 번뜩이는 영감이 머리를 스쳤다.

"그들은 여기 없어! 이 우주에 없다고. 내 생각에, 우린 지금 막 [타인들]의 크립토포트를 발견한 것 같아."

　나인의 눈이 휘둥그레졌다.

"이 차고랑 똑같은 차고가 우리 세계에도 있어. 내기해도 좋아. 그곳에 분명히 구형 크라이슬러가 있을 거야."

나인은 페퍼민트 파이프를 부글거리며 대답했다.

"굉장하다! 교수가 뭐라고 할지 궁금하네."

우리는 덤불을 지나, 코요와 교수가 기다리는 차고 앞쪽 길로 나왔다. 그런데 견인기 여덟 개가 달린 새빨간 자동차 두 대가 차고 앞에 서서 파란색 경광등을 번쩍이고 있었다.

경찰관들은 새빨간 유니폼을 입고 있었는데, 가슴과 어깨를 가린 금속 갑옷이 경광등 불빛에 반짝였다. 경찰 두 명이 차를 검사하는 동안, 뚱뚱한 여자 경찰과 콧수염을 기른 남자 경찰이 교수와 이야기를 나누고 있었다.

"저기 누가 타고 있는지 정말 못 봤어?"

여자 경찰이 우리 차를 가리키며 물었다.

"쟤들은 또 누구야?"

우리가 덤불을 헤치고 나타나자 남자 경찰이 물었다.

"맙소사, 덤불에서 무슨 짓을 한 거니?"

우리는 당황해서 서로 마주 보았다. 나인이 나섰다.

"화장실이 급해서요."

그제야 경찰들이 마지못해 미소를 지었다. 아마 우리가 창피해하는 줄 알고 억지로 웃어 주는 모양이었다. 그것도 잠시, 콧수염이 곧장 캐물었다.

"센트룸 쿨투스에는 화장실이 없어?"

우리는 무슨 말인지 당최 알 수가 없었다. 우리가 멀뚱멀뚱 서 있자 콧수염이 한숨을 쉬며 당부하듯 말했다.

"흠, 그래. 나중에라도 혹시 생각나는 게 있으면 연락해라. 알았지?"

우리는 얌전하게 고개를 끄덕였다.

"자, 그럼. 공연 프로젝트에서 성공하길 바란다."

그러고는 우리 복장을 쓱 훑어보고는 차를 타고 떠났다. 인디오 여자애, 나선을 그리며 뱅뱅 도는 안경을 쓰고 아코디언을 든 남자애, 길게 땋은 머리에 파이프를 입에 문 여자애, 거기에 정신 나간 것처럼 보일 듯한 뚱뚱한 남자애.

"맙소사, 진땀 뺐네. 그나저나 센트룸 쿨투스가 뭐야?"

코요가 우리를 둘러보며 나지막하게 물었다.

"문화 센터."

교수가 대답했다.

"청소년들이 모여서 음악이나 연극, 뭐 그런 프로젝트를 하는 곳이야."

우리는 모두 고개를 끄덕였다. 문화 센터는 오래된 산업 지구 한복판에서 이상하게 옷을 차려 입은 아이들이 공연 프로젝트를 이유로 만나기에 아주 적절한 핑곗거리였다.

"오늘 같은 일이 또 일어나서는 안 돼. 오케이?"

교수가 심각한 얼굴로 입을 열었다.

"그래, 나도 알아."

나는 마음이 켕겨서 고개를 끄덕이며 교수가 예전에 했던 말을 그대로 따라 했다.

"각각의 사건이 다른 사건들을 불러일으키고, 그게 어떻게 끝날지 아무도 몰라. 그 무엇에도 영향을 끼쳐서는 안 된다는 거지? 나도 다 알아들었어."

"좋아."

교수가 도로 다른 쪽 끝에 있는 초라한 자동차 정비소를 바라보며 고개를 끄덕였다.

"앞유리를 수리한 후에 핍스로 돌아가자."

오피시나 오토모빌리스 파벨카

교수가 툴툴거리며 읽어 주었다.

"파벨카 자동차 정비소라는 말이야."

아, 가만 있자……. 왠지 귀에 익은 이름인걸? 그곳에서는 우리 우주의 로니 형을 닮은 남자가 일을 하고 있었다. 가죽 앞치마에 '로날두스'라는 이름이 새겨져 있었다.

자동차 앞유리를 새것처럼 바꾸는 데는 시간이 그리 오래 걸리지 않았다. 나인은 신용카드가 잔뜩 들어 있는 지갑을 꺼내 계산을 했다. 코요가 프리실라의 핍스로 운전을 하는 동안, 우리는 크립토포트에 관해 토론을 벌였다. 코요가 먼저 입을 열었다.

"방법은 하나밖에 없어. 우리가 들어가는 거지."

교수가 화를 내며 물었다.

"침입하자는 소리야? 우린 이미 규정을 많이 어겼어. 내가 모든 세계의 규정을 다 아는 건 아니지만, 어느 우주에서든 침입이 금지라는 것 정도는 알아. 오케이?"

"그러면 어떻게 알아낼 거야?"

내가 반박하려고 하자 나인이 끼어들었다.

"교수 말이 맞아. 다른 우주에도 같은 차고가 있는지 우린 몰라. 일단 그것부터 확인해야 해. 나중에 소식 전할게."

그 말은 더 이상의 반박은 허용하지 않겠다는 것처럼 들렸다. 우리는 별일 없이 고층 주택가에 도착했고, 프리실라 엄마를 복도에서 만나 차 열쇠를 전했다. 그 후 승강기를 타고 13층으로 올라갈 때는 아무도 입을 열지 않았다. 방금 얼마나 아찔한 모험을 했는지 이제서야 뼈저리게 느껴졌다.

상대성 공간에서 헤어져 각자 자신의 세계로 향했다. 그러다가 내 가방이 아직 엠레네 집에 있다는 데 생각이 미쳤다. 그러니까 가방 안에 든 크라소미터가!

엠레네 집이 있는 11층을 지나가기 전에 가까스로 버튼을 눌렀다. 승강기가 멎었다. 엠레는 여전히 복도에 서 있었다. 거의 세 시간 전, 내가 떠날 때와 똑같은 모습이었다.

"어, 나 기다린 거야?"

내가 이렇게 묻자 엠레는 아주 시큰둥한 얼굴로 대꾸했다.

"야, 네가 승강기를 타고 올라갔다가 다시 내려온 지 십 초 정도밖에 안 되었거든!"

그러다 깜짝 놀란 표정으로 물었다.

"야, 근데 너 얼굴이 왜 그래?"

"어떤데?"

"완전히 지쳐 보여. 땀으로 흠뻑 젖었네?"

나인은 회원들에게 소식을 보냈고, 약 두 시간 후 첫 번째 대답이 도착했다. 현관에 있는 내 왼쪽 신발에서 짤막한 신호음이 울렸다. 엄마와 누나는 아무것도 듣지 못했다. 두 사람은 식탁에 앉아 각자 휴대폰 화면만 뚫어져라 보고 있었으니까.

엠레네 가족은 저녁 식사 시간에 휴대폰을 건드리지 않았다. 그게 혹시 터키 문화와 관련이 있는지 물어보았더니, 엠레가 멍청이 대하듯 나를 빤히 쳐다보다가 이렇게 얘기했다. '식사 시간에 휴대폰을 안 보는 건 세상에서 가장 정상적인 일'이라고. 흐음, 우리 집에서는 그렇지가 않았다.

엄마가 말했다.

"케비, 이 말을 너에게 하는 게 맞는지 잘 모르겠어. 널 불안하게 만들고 싶지 않거든. 그렇지만……."

"그렇지만…… 뭔데요?"

"눈이 충혈된 남자를 조금 전에 또 봤어. 나한테 직접 말을 건 건 아니고, 바깥에서 이리저리 돌아다니고 있던데?"

내 신발이 다시 붕붕 소리를 냈다. 누나가 당혹스런 표정을 지으며 고개를 들었다. 이번에는 소리를 들은 걸까? 다행히 누나는 현관 쪽이 아니라 엄마를 쳐다보며 이렇게 물었다.

"그 사람이 엄마한테 왜 말을 걸겠어요?"

나는 어깨를 으쓱하며 가방에 들어 있는 크라소미터를 생각했다. 그걸 언제 다른 아이에게 넘겨줘야 하는 거지? 코요에게 물어본다는 걸 깜박했네.

"더더군다나 머리통에겐 무슨 볼일이 있겠냐고요."

누나가 퉁명스레 얘기하는 순간 신발에서 또 소리가 났다. 혹시 나한테만 들리는 건가? 아니면 내 휴대폰에서 나는 소리라고 생각하는 걸까? 아, 맞다. 내 휴대폰이 현관 옆 탁자에 놓여 있었다. 훌륭한 트릭이야. 잘 기억해 둬야겠군.

엄마는 누나 질문에 대꾸하지 않고 대신 내게 당부를 했다.

"케비, 그 남자가 혹시라도 너에게 가까이 오거나, 말을 걸거나, 만지거나 하면 곧장 신고해야 돼. 알겠니? 그러니까 무슨 일이든 엄마한테 바로 말해."

나는 고개를 끄덕이며 자리에서 일어났다.

"숙제……를 해야 해서요."

나는 휴대폰과 왼쪽 신발을 슬쩍 집어서 내 방으로 슬그머니 들어갔다. 문을 닫고 침대에 털썩 주저앉은 다음, 신발에서 폴리미터를 꺼냈다.

산업 지구에 있는 차고를 하나 찾고 있어.

나인이 회원들에게 소식을 보내면서 차고가 표시된 지역의 지도를 링크해 두었다.

각자의 세계에 차고가 있는지 살펴봐. 아니면 오두막이든, 마구간이든, 컨테이너든……. 절대 혼자 행동해서는 안 돼. 지금은 정보를 모으는 중이야. 고마워!

나는 익투시아네(익투스는 그리스어로 물고기란 뜻이라나?)가 남긴 음성 메시지를 나지막하게 틀었다.

"하이드로 우주에 그 차고가 있어!"

익투시아네가 흥분해서 말했다. 내 기억이 맞다면 익투시아네는 손가락 사이에 물갈퀴가 있었다.

"그 차고는 물 바깥으로 반쯤 나와 있어. 우리 우주에 와 본 아이는 알겠지만, 이곳에는 거의 모든 도시가 물속에 있거든. 차고 뒤 창문으로 보니까 작은 쾌속정이 있어. 하지만 [타인들]은 보이지 않아."

뒤이어 미래 우주의 후고가 소식을 알려 왔다.

"우리 우주도 그래. 차고에 메가 스피드 셔틀이 서 있어. 그리고 차고 왼쪽에 문이 있는데, 어디와 연결되는지 모르겠어."

메가 스피……, 그게 대체 뭘까? 이외에도 많은 회원들이 자기네 우주에 차고가 있다고 소식을 보냈다. 그중 몇몇은 수수께끼 같은 옆문 이야기를 했다. 아까 로만 우주에서는 그런 문이 눈에 띄지 않았다. 어두워서 미처 못 본 걸 수도 있겠지만.

나는 초조한 마음에 안절부절못했다. 이런 내 모습이 낯설었다. 평소에는 책을 들고 이불 밑으로 파고드는 걸 제일 좋아했다. 그러나 지금은 달랐다. 당장 산업 지구로 가서 차고를 살펴보고 싶었다. 하지만 바깥은 칠흑처럼 어두운 데다가 펜리르가 주변을 배회하고 있는 듯했다.

아침이 될 때까지 참아야 했다. 다행히 내일은 금요일이라서 수업이 일찍 끝난다. 그렇지만 혼자서는 전혀 즐겁지 않았다. 나인과 코요, 교수와 함께 있을 땐 두려울 게 없다는 느낌이 들지만……, 혼자일 때면 나는 그저 핍스에 사는 작고 뚱뚱한 케빈에 불과했다.

노크 소리가 들리더니 바로 방문이 열렸다. 나는 기절할 듯 놀라서 폴리미터를 베개 밑에 얼른 감추었다. 그러고는 문간에 엄마가 나타나길 기다렸는데, 뜻밖에도 멍청한 재키 누나가 얼굴을 들이밀었다.

"미안. 들어가도 돼?"

누나는 내 대답을 기다리지도 않고 성큼 안으로 들어왔다. 이윽고 문을 조용히 닫고는 내 옆에 쪼그리고 앉았다. 누나의 눈길이 내 신발로 향했다.

"산타클로스가 선물 넣어 주길 기다리는 거야?"

"웃기시네."

나는 으르렁거리며 신발을 침대 밑으로 차 넣었다.

"근데 말이야. 엄마가 조금 전에 말한, 눈이 충혈되었다는 남자 말이야. 그 사람이 너한테 볼일이 있는 것 같지는 않아."

나는 깜짝 놀라 몸을 똑바로 세우고 앉았다.

"누나도 그 남자를 알아?"

"얼마 전에 내게 말을 건 적이 있거든. 나를 좋아하는 걸 수도 있지."

"뭐라고?"

나도 모르게 입에서 신음이 새어 나왔다.

"그래, 나도 알아. 나랑 어울리기에 그 남자 나이가 너무 많지. 걱정하지 마. 그 사람과 뭔가 일을 벌이지는 않을 테니까. 하지만 생각보다 귀엽던걸?"

누나는 잠시 꿈꾸는 듯한 표정으로 천장을 올려다보았다.

"그러니까 내가 하고 싶은 말은……, 그 남자가 네게 말을 걸더라도 곧장 엄마한테 달려갈 필요는 없다고."

"말도 안 되는 소리! 난 어차피 그러지 않을 거야. 하지만 누나야말로 그 남자를 조심하는 게 좋을걸? 위험할 수도 있다고."

누나는 내가 지독한 멍청이라도 되는 양 어이없다는 표정으로 바라보았다. 다른 말로 하면, 평소와 똑같이 봤다는 뜻이다.

"아이고, 이 멍청한 머리통."

누나가 툴툴거렸다.

"눈 주변을 까맣게 칠하는 건 고딕 스타일이라서 그런 거야. 괜히 멋있잖아. 넌 어차피 이해하지 못할 테지만."

나는 '누나야말로' 아무것도 모른다고 말하고 싶었다. 누나에게 [타인들] 이야기를 해 줘야 할까? 하지만 절친인 엠레조차도 내 말을 이해하지 못했는걸.

누나가 일어나며 덧붙였다.

"하긴 넌 아직 어리지. 내가 왜 너한테 이런 얘기를 했을까?"

"그러게 말이야. 나도 모르겠네."

나는 화가 나서 거칠게 대꾸했다. 누나가 비치적거리며 방에서 나갔다. 펜리르가 누나에게 접근하다니. 아이고, 맙소사!

손님맞이가
가능한 시간

다음 날 학교가 파하자마자 산업 지구로 향했다. 처음 가 보는 길이었지만 지도 앱이 있어서 별문제는 없었다. 버스를 타고 문화 센터가 있는 거리까지 갔다.

음산한 잿빛 하늘은 이틀 동안 냄비에 그대로 둔 감자 죽처럼 보였다. 막다른 골목으로 들어가자, 어제 로만 우주에서 봤던 것처럼 파벨카 자동차 정비소와 다섯 개의 차고가 나타났다. 정비소의 열려 있는 문 너머로 푸른색 작업복을 입은 로니 형이 자동차를 고치는 모습이 보였다. 로니 형 옆에는 나이 많은 아저씨가 있었는데, 정비소 주인이라는 로니 형의 삼촌인 듯했다.

로니 형은 다른 우주에 자기랑 똑같이 생긴 사람이 있다는 걸 알면 무슨 생각을 할까? 내가 아는 모든 사람이 모든 우주에 다 똑같이 존재할까? 불쑥 그런 의문이 들었다. 그렇다면 내 동료들이 모두 나의 복제품이라는 뜻인가? 나인과 코요, 그리고 교수……. 아니, 모든 회원이 나랑 쌍둥이 같은 존재일까? 그게 아니면, 나의 다른 버전인가? 이런 복잡한 생각을 하다가 머리가 어지러워져서 나도 모르게 고개를 저었다.

어제와 마찬가지로 덤불을 헤치고 차고 뒤편으로 가서 유리창 너머로 안을 들여다보았다. 차고 안에 예상대로 구형 크라이슬러가 서 있었다! 휴대폰을 꺼내 손전등을 켜고서 차고 안쪽을 살폈다. 다른 회원들이 전해 준 소식과 마찬가지로 왼쪽에 철문이 보였다. 옆 차고로 이어지는 통로인 듯했다.

빌어먹을, 그럼 내가 정말 착각한 걸까? 이곳에 크립토포트가 있는 게 아니라, 펜리르와 포에베는 단지 옆 차고로 건너간 걸 수도 있으니까. 아이고, 그렇다면 두 사람은 옆 차고에서 내가 하는 말을 듣고서 배를 잡고 비웃었겠군. 으음!

나는 왼쪽으로 몇 걸음 옮겨 차고 안을 다시금 살펴보았다. 종이 상자와 허섭스레기로 가득했다. 다만 한 가지는 또렷하게 보였다. [타인들]의 차고와 붙어 있는 오른쪽에는 아무것도 없다는 것! 그저 콘크리트 벽뿐이었다.

음, 내가 착각한 걸까? 중간 차고를 다시 한번 들여다보았다. 의심할 여지 없이 문이 하나 있었다. 그런데 반대쪽 벽에는 문이 없었다. 그렇다면 이 문은 우리 13층처럼 상대성 공간으로 이어지는 걸까? 혹시 이 문 뒤에 크립토포트가 있을지도……

나는 휴대폰으로 사진을 찍었다. 그런 다음 창문을 더 자세히 살폈다. 창문의 쇠창살은 바깥쪽 틀에 고정되어 있었는데, 굵은 나사 네 개가 박혀 있었다. 나도 모르게 엉덩이 쪽 주머니를 손으로 쓸어 보았다. 만능 칼은 당연히 가지고 오지 않았다. 설령 만능 칼이 있더라도 이토록 환한 대낮에 혼자 차고에 침입할 엄두는 내지 못했을 테지만.

차고들을 빙 돌아 거리로 나가자, 로니 형이 정비소에서 나오다가 나를 발견했다. 푸른 작업복 위에 가죽 재킷을 걸치고 겨드랑이에 오토바이 헬멧을 끼운 채였다.

"어, 여기서 뭐 하냐?"

"아, 이런 우연이! 아까 정비소 이름을 봤을 때, 형이 일하는 곳 같더라니……"

대답할 말이 딱히 떠오르지 않아, 시간을 벌려고 아무렇게나 떠들어 대었다.

"사진을 좀 찍었어."

이번에는 사실대로 말했다.

"학교에서 진행하는 프로젝트가 있거든."

흐음, 이건 거짓말이다. 로니 형은 차고 뒤쪽에 쌓여 있는 쓰레기 더미를 훑어보며 대꾸했다.

"그래? 이거, 호러 사진이 되겠는걸."

"뭐가 될지는 나도 몰라."

나는 이렇게 중얼거리며 [타인들]의 차고를 바라보았다. 로니 형이 혹시 [타인들]을 본 적이 있을까?

"저 뒤쪽 중간 차고 문 말이야. 그 문은 어딘지 모르게 좀 달라 보이는데?"

"얼마 전에 새로 설치한 거니까."

"그래? ……누가?"

"오래전부터 알던 사람이야."

나는 숨이 멎을 것 같았다.

"지인이라고 해야 하나? 예전에 우리랑 같은 건물에 살던 남자야. 그때 난 아직 아이였지. 그 남자가 차고를 빌리려다가 나랑 우연히 마주쳤어. 우리 삼촌은 저쪽 땅 주인들을 알거든. 그래서 내가 티모랑 땅 주인을 연결해 주었지."

로니 형이 히죽 웃으며 말을 이었다.

"사실 티모가 거기에 뭘 숨기려는 것 같더라고. 마약인지 보물인지 나야 모르지만. 어쨌거나 이렇게 외진 곳을 찾는다면 뭔가 숨길 게 있다는 거겠지. 게다가 티모가 좀 이상해 보였거든. 눈이 빨갛게 충혈된 데다 검은 옷을 입고……. 머리카락은 새하얗게 염색을 했던걸. 근데 아무것도 없었어. 그냥 주차만 했지."

"혹시 나도 본 적 있는 사람이야?"

나는 흥분을 감추기 위해 최대한 담담하게 물었다.

"아니, 아닐 거야. 그때 너희 집은 아직 핍스로 이사 오지 않았을 때니까. 넌 아마 유치원에 다녔을걸?"

"아, 아니구나."

수많은 질문이 머릿속을 떠돌았지만 나는 그냥 꿀꺽 삼켰다. 로니 형에게 의심을 사면 안 되니까.

"헬멧이 사무실에 하나 더 있는데, 집까지 태워다 줄까?"

"오, 고마워, 형!"

잠시 후, 나는 오토바이에 앉아 로니 형의 허리를 뒤에서 꽉 붙잡았다. 그 남자 이름이 티모라고 했지? 그렇다면 펜리르는 별명일까? 어릴 때 우리 건물에 살았다니, 이거 완전 대박인데! 순간 책가방에 들어 있는 크라소미터가 떠올랐다.

로니 형의 오토바이는 급경사 지역을 지나 곧 핍스에 도착했다. 오늘은 언덕을 헐떡이며 올라오지 않아서 기분이 아주 좋았다. 주차장에 도착해서 형에게 헬멧을 돌려주며 말했다.

"데려다줘서 고마워."

"균형 잡기 쉽지 않았어. 넌 뚱뚱하잖아. 네 누나를 태울 때랑 완전 다르네."

로니 형이 히죽 웃으며 대답했다. 나는 창피해서 땅바닥을 잠깐 내려다봤다. 로니 형은 내 기분을 돋우려는 듯 머리카락을 손으로 헝클어뜨리며 이렇게 덧붙였다.

"재키에게 안부 전해 줘. 재키랑 드라이브하고 싶은데, 걔는 나한테 영 관심이 없는 것 같더라.”

“신경 쓰지 마. 어차피 우리 누나는 형보다 레벨이 한참 낮아.”

나는 짐짓 명랑한 목소리로 대꾸했다.

레벨 이야기가 나온 김에 말해 보자면……. 저녁에 엄마와 누나 사이에 무척 거친 말들이 날아다녔다. 두 사람 모두 약속이 있다고 했다. 물론 같은 약속은 절대 아니다. 나는 혼자 있는 게 정말 좋다고, 돌볼 사람은 더 이상 필요 없다고 아주 명백하게 의사 표시를 했다. 그런데 눈치를 보아 하니, 엄마는 누나더러 나를 보살피라는 게 아니라 오히려 거꾸로—내가 누나를 보살피기—를 원하는 것 같았다.

엄마가 누나를 노려보며 말했다.

“아무리 늦어도 10시까지는 집에 와야 해. 그리고 너!”

이번에는 나를 보며 말했다.

“냉장고 다 털면 안 돼. 알았어?”

누나와 나는 고개를 끄덕였다. 그러고 나서 두 여성분은 욕실로 들어가 잠깐 더 다투다가 약속 시간이 되었는지 바삐 집을 나섰다. 그 덕분에 자유를 얻은 나는 곧장 냉장고로 향했다. 사실 배는 고프지 않았다. 그런데 문득 나와 같은 우주는 아니지만, 이 건물에 사는 아이들이 아주 많다는 데 생각이 미쳤다.

신발에서 폴리미터를 꺼내 연락처 목록에서 나인의 이름을 누르고는 잠시 망설였다. 뭐라고 써야 하지? 엠레에게 보내는 거라면 그냥 "지금 뭐 해?"라고 썼을 텐데. 나는 네 글자를 똑같이 쓴 다음 나인에게 발송했다. 몇 초 후, 신발 깔창이 진동했다.

> 텔레비전 봐. 너는?
> 손님맞이 가능한 시간이야.

나는 답장을 보낸 뒤 제대로 생각하지도 않고 덧붙였다.

> 여기로 올래?

사실 말도 안 되는 소리였다. 나인도 금요일 저녁에 어디 가려면 핑곗거리를 급히 만들어 내야 하니까. 아니, 아니지. 시간이 멎는다는 걸 자꾸 잊어버리네.

> 좋아. 곧 만나.

몇 분 후, 우리 집 초인종이 울렸다. 나는 누군지 묻지도 않고 문을 열었다. 나인이 히죽 웃으며 파이프를 부글거렸다.
"안녕."
"안녕, 케비. 좋은 아이디어야. 너희 세계를 구경할 때가 이미 오래전에 지나긴 했지."

"그래, 환영한다."

나인이 나를 지나쳐 집 안으로 들어갔다. 내 방이 어디인지 말하려고 했지만 당연히 알고 있었다. 자기 방이랑 똑같으니까. 나는 나인의 방에 비하면 내 방은 청소를 하지 않아 몹시 지저분하단 사실을 번뜩 깨달았다. 그 생각을 전혀 하지 못했다. 평소에 엠레 말고는 딱히 손님이 찾아오는 일이 없었고, 엠레는 내 방이 어떤 모습이든 조금도 신경 쓰지 않았다.

나인은 눈빛을 반짝이며 복도를 지나 내 방으로 가서는, 매혹적인 낯선 세계로 들어선 것마냥 주위를 찬찬히 둘러봤다. 실제로 낯선 곳이기는 할 테지만. 그다음에는 창가로 다가가 바깥을 내다봤다. 바깥은 이제 거의 완전히 어두워졌고, 도시는 수많은 불빛들로 반짝였다.

"우아!"

나인이 나지막하게 감탄했다.

"다양한 우주에 가 봤는데 언제나 대박이야. 똑같은 도시인데도 완전히 달라. 아, 저기 네 유니폼이 있네?"

나인이 침대 옆 바닥에 널브러져 있는 내 잠옷을 가리켰다. 나는 갑자기 마음이 급해져서 나인을 데리고 부엌으로 향했다.

"뭐 좀 마실래? 너 코코아 알아? 아마 모르겠지. 안 그래?"

"코코아? 그게 뭐야?"

"마시는 초콜릿이야."

나는 코코아를 두 잔 탔다. 그러는 동안 나인은 식탁에 앉아서 이것저것 물었다.

"여기서 엄마랑 누나랑 사는 거지?"

"응. 참, 너도 그래? 부모님은 내가 태어나기도 전에 이혼하셨어. 아빠를 일 년에 한 번 만나는데, 뭐 그것만으로 충분해."

나인이 고개를 끄덕였다.

"우리 모두 그래. 왜 그런지는 모르겠어. 그것도 평행 우주의 수많은 수수께끼 가운데 하나야."

"아주 수상쩍은 일이 또 하나 있어. 오늘 우연히 알게 되었는데, 펜리르가 예전에 이 건물에 살았대."

"뭐? 대박! 확실해? 어디서 들었어?"

"아는 형이 얘기해 줬어."

나는 로니 형이 펜리르에 대해 말해 준 것을 나인에게 전했다.

"예전에는 티모라고 불렀대. 기가 막힌 우연이지?"

나인은 생각에 잠긴 채 파이프를 연방 부글거렸다.

"교수는 핍스가 평행 우주의 '특이점'이라고 했어. 그게 뭔지 내게 묻지는 마. 여기 이 고층 건물 주위에서 세계들 사이의 절단면과 관계 있는 온갖 현상이 나타난다는 뜻인 거 같아."

나인이 나를 빤히 바라봤다. 나도 나인을 마주 보았다. 지금 이 순간, 우리 둘은 얼마나 평행인 거지? 하지만 둘 다 그 말을 입

밖으로 꺼내지는 않았다. 너무 복잡하고 추상적이니까.

나인에게 코코아를 건넸다. 나인은 맛을 보고 난 뒤 감동한 듯한 표정을 지었다.

"굉장하다. 초콜릿을 마신다니!"

"지금 당장 차고로 가 보는 거 어때?"

나는 단도직입적으로 말했다. 나인이 진지한 얼굴로 고개를 끄덕였다.

"그 전에 코요랑 교수랑 의논을 해야지. 아마도 교수는 반대할 거야. 그러니까……."

나인이 대담한 표정으로 나를 바라봤다.

"교수에게 말 안 하고 우리끼리 간다면 몰라도."

"너랑 나만?"

"뭐, 안 될 거 없잖아? 엄마랑 누나는 언제 돌아오셔?"

"어, 누나는 10시에 돌아와. 시간을 지킨다면 말이지. 엄마는 누나보다 더 늦게 오실 거야."

나는 시계를 보았다. 7시 30분이었다.

"시간은 충분할 것 같아. 넌 언제까지 돌아가야 해?"

"내 시간은 이미 얼어붙었지. 또 잊은 거야?"

나인이 활짝 웃었다. 나는 손바닥으로 이마를 탁 쳤다.

"아, 그렇지."

판타스틱 우주의
마법 도시

나는 만능 칼을 챙겼다. 우리는 건물을 나가 언덕을 내려간 뒤 막 출발하려는 마을버스에 탔다. 나인의 버스비를 대신 내 주었다. 내가 옆자리에 앉자 나인이 고개를 갸우뚱거렸다.

"버스를 타는 데 돈을 내야 해?"

"너희는 안 그래?"

"우린 버스를 타면 포인트를 얻어. 포인트가 모이면 연말에 작은 선물을 받지."

"왜?"

"자동차 대신 버스를 타는 게 환경을 지키는 데 도움이 되니까. 몇 년 전에 우리 세계에는 아주 큰 문제가 있었어. '기후 변화'라는 건데, 그걸 어떻게 설명해야 할까. 음, 그러니까……."

나는 손을 내저었다.

"아니, 설명하지 않아도 돼. 이미 우리도 심각한 기후 변화를 겪고 있으니까. 하지만 사람들은 그다지 신경을 쓰지 않아."

"흠, 그러게. 어쨌든 너희는 초콜릿이 있잖아."

나는 어이가 없어서 웃음이 빵 터졌다.

"그래, 참 위로가 되네."

버스가 승객들로 점점 채워졌다. 대부분 또래 청소년들이었다. 나는 금요일 저녁에 혼자 어딘가로 차를 타고 가 본 적이 없었다. 물론 지금도 혼자는 아니었다. 호기심 어린 시선들이 내 옆에 앉아 파이프를 부글거리는 나인을 스치고 지나갔다. 노골적으로 뚫어지게 노려보는 사람도 있었다.

나인은 사람들의 시선을 눈치채고 파이프를 재킷 주머니에 넣었다. 하지만 길게 땋은 머리카락은 여전히 사람들의 눈길을 잡아끌었다. 버스는 느릿느릿 움직였다. 엊그제 프리실라 엄마의 차를 타고 [타인들]을 추격할 때와 거의 똑같은 노선이었다.

나인은 창밖으로 보이는 풍경을 빨아들일 듯이 구경했다. 내가 사는 도시를 완전히 다른 눈으로 바라본다면 어떤 느낌일까? 전체적으로 볼 때 전쟁과 빈곤, 기후 변화 등으로 그다지 아름답지는 않을 듯했다. 하지만 뭘 어쩌랴, 그게 내 우주인데!

곧 버스에서 내려 조용하고 어두운 산업 지구의 경사진 거리를 걸었다. 금요일 저녁이라 일하는 사람은 아무도 없었다. 막다른 골목 끝의 차고는 뭔가 위협적으로 보였다. 가로등이 있긴 했지만 꺼진 상태였다. 기후 변화에 작게나마 기여한다고나 할까. 물론 우리에게는 불이 꺼진 게 유리했다. 침입자니까.

이상하게도 나는 양심의 가책을 느끼지 않았다. 두려움도 전혀 없었다. 마치 내가 게임 캐릭터라서 목숨이 천 개쯤 되는 것 같았다. 우리는 덤불을 헤치고 가운데 창문 앞으로 가서 섰다. 손전등을 비춰 보았지만 크라이슬러는 보이지 않았다. 차고는 텅 비어 있었다. 지금 어디선가 드라이브 중인가? 차고가 비어서 그런지 수상쩍은 문이 훨씬 더 또렷하게 보였다.

"그 사람들이 우연히 돌아오면 어떻게 하지?"

내가 물었다.

"평행 우주에 우연이라는 건 없어."

나인이 대답했다.

"일어날 수 있는 일은 반드시 어디선가 일어나. 하지만 운이 좋다면 여기서 일어나지는 않을 거야."

나는 만능 칼을 꺼내 녹슨 나사를 돌리기 시작했다. 처음에는 꼼짝도 하지 않아서 칼날이 부러질까 봐 걱정스러웠지만, 점차 삐걱거리는 소리가 들리더니 첫 번째 나사가 풀렸다. 두 번째와 세 번째, 네 번째 나사를 다 푼 다음, 격자 틀과 벽 사이에 칼을 끼우고 누르자 격자가 떨어져 나왔다.

나인을 바라보며 물었다.

"나를 딛고 올라갈래?"

나인은 히죽 웃더니, 내 어깨를 딛고 서서 창턱을 손으로 짚고 몸을 끌어올려 안으로 들어갔다. 그러고는 안에서 머리를 내밀고 물었다.

"나를 잡고 올라올 수 있겠어?"

"넌 날 끌어올릴 수 없어."

나는 나인보다 키가 조금 더 크기 때문에 창턱을 손으로 짚고 올라갈 수 있었다. 그렇지만 상체만 창문 안으로 욱여넣는 데도 엄청나게 힘이 들었다. 결국 안쪽 벽을 손으로 짚고 몸을 밀어넣은 후 딱딱한 콘크리트 바닥으로 곤두박질쳤다.

"난 괜찮아."

바닥에 어깨를 부딪혀 통증이 몰려왔지만 아무렇지 않은 척했다. 이상하게도 창피하지 않았다. 우리는 문을 바라보다가 서로 눈빛을 교환했다. 나인이 손잡이에 손을 올렸다. 이윽고 문이 열리면서 무지갯빛 물결이 쏟아졌다. 벽이 없는 상대성 공간이었다! 아니, 우리가 들어선 공간과 차고를 분리하는 벽은 엄연히 있었다. 그 벽의 문 바로 옆에 분전반이 튀어나와 있었다.

"크립토포트다! 네 생각이 맞았어."

나인이 내게 속삭였다.

그때 어딘가에서 자동차 소리가 들려왔다. 브레이크가 끼익 소리를 내더니 이내 차고 문이 삐걱거렸다. 마치 유령이 만진 것처럼 저절로 올라가기 시작했다. 우리는 얼어붙은 듯이 그대로 서 있었다.

그러다가 내가 번개처럼 재빠르게 크립토포트의 문을 닫았다. 자동차가 차고로 들어오는 소리가 나더니, 사람들이 내린 후 차문을 닫는 소리가 들려왔다. 우리는 바로 옆에서 무지갯빛에 잠긴 채 서 있었다.

"어, 저게 뭐야? 빌어먹을, 창문 좀 봐!"

놀란 여자 목소리가 들렸다. 그때 나인이 내게 속삭였다.

"저 사람들에게 들키기 전에 여기서 도망쳐야 해."

그러면서 크립토포트를 바라보았다.

차고에서 다른 사람의 목소리가 들려왔다.

"펜리르, 이제 어떻게 하지?"

남자 목소리가 대답했다.

"나는 일단 그 여자부터 해결할게. 그동안 너희는 크립토포트를 지켜."

"알았어. 나중에 보자."

분전반을 손으로 내려치자 화면이 나타났다. 그와 동시에 문 손잡이가 돌아가는 게 보였다. [타인들]이 상대성 공간에 들어오기 직전이었다. 나는 떨리는 손가락으로 아무 철자나 입력했다. 그사이에 슬로 모션처럼 문이 조금 열렸다. 화면에 아주 복잡한 단어가 자동 완성으로 나타났다. 그와 동시에 문이 활짝 열렸다.

포에베가 나를 빤히 노려봤다.

"이게 무슨 일……."

내가 '엔터'를 누르자 상대성 공간이 폭발했다. 폭풍이 이는 것처럼 여러 가지 색깔이 회오리쳤다. 우리가 서 있는 건지 날아가는 건지 알 수 없었지만, 바로 다음 순간에 모든 게 끝났다. 사방이 고요해지면서 바닥이 단단해졌다.

나는 문을 건너보았다. 굳게 닫혀 있었다. 그러고 보니 철문이 아니라 두꺼운 나무문이었다. 문에는 손잡이 대신 철제 고리가 달려 있었다. 그걸 당기자 차고가 아니라 마구간이 나타났다. 바닥에 짚이 깔려 있고, 고풍스러운 마차가 한 대 서 있었다.

"여기가…… 어딜까?"

내가 중얼거리자 나인이 되물었다.

"도대체 뭘 입력한 거야?"

"몰라, 너무 급해서. '판'이라고 썼던 거 같은데?"

"아이고, 그럼 여긴 판타스틱 우주야. 좀 더 괜찮은 세계를 고르지 그랬어?"

"왜? 이름은 꽤나 멋지게 들리는데."

"참 나, 앞으로도 그런 말이 나오나 어디 두고 보자."

나인이 차고, 아니 마구간의 여닫이문을 열면서 말했다.

"빨리 와. 뭘 기다리고 있어?"

"우리, 그냥 여기 숨어 있어도 되지 않을까? 그 사람들이 사라질 때까지만 여기 가만히 있자고."

"그 사람들은 사라지지 않아."

나인이 반박했다. 그랬다. 우리가 우주를 떠날 때 시간이 멈췄으니, [타인들]은 문 앞에 계속 얼어붙어 있을 터였다. 우리가 여기서 십 년을 기다렸다가 돌아가도 포에베는 여전히 똑같은 순간에 상대성 공간으로 들어오면서 나를 노려보겠지.

"게다가 패러포트는 마지막에 입력한 게 뭔지 알려 주거든. 크립토포트도 비슷하게 작동한다면, 그들은 지금 우리가 어디에 있는지 알 수 있을 거야."

"그럼 이제 어떻게 하지?"

"도망쳐야지. 집으로 돌아가야 해."

"아, 그렇구나. 핍스로 가야지."

"이 세계에서 핍스는 성이야. 같은 언덕에 있긴 하지만, 성벽 바깥이라고. 거기로 가려면 도시 전체를 가로질러야 해."

"너, 여기 잘 아나 봐?"

"딱 한 번 온 적 있어. 트롤들이 승강기를 움직였던 것 같은데, 그들에게 암호를 말해야 해. 그르츠샤라츠가 우릴 도와줄 거야. 너도 그 애를 본 적 있을걸? 털이 많고, 송곳니가 길어."

"어, 오크랑 약간 닮았던 것 같아."

나는 그 아이를 떠올리며 대답했다.

"당연하지. 절반은 오크니까. 엄마는 인간이고, 아빠는 오크거든. 자, 어서 여길 떠나자."

나는 나인을 따라 어두운 바깥으로 나섰다. 막다른 골목이 이번에는 중세 도시의 비좁은 골목이었고, 마구간 뒤쪽은 순찰로가 있는 성벽이었다. 성벽 위에 꽂힌 수많은 횃불이 갑옷을 입고 순찰을 도는 경비병에게 불빛을 드리웠다. 그들은 성벽의 다른쪽, 그러니까 경작지 방향을 내다보고 있었다.

우리는 마구간의 문을 닫고 골목을 따라 움직였다. 자동차 정비소 자리에는 대장간이 있었다. 우리는 문화 센터 쪽으로 방향을 틀었다. 그때 뒤에서 누군가 우리를 불렀다.

"거기 서!"

우리는 깜짝 놀라 뒤를 돌아보았다. 거미 문신을 한 포에베였다. 그 옆의 두 사람은 다프니스와 시아르나크가 분명했다.

"뛰어!"

나인이 소리쳤다. 우리는 골목을 따라 냅다 달렸다. 누더기를 입고 골목의 오물 속에서 뭔가를 찾는 아이들 두어 명, 그리고 투구를 쓰고 도끼창을 든 두 사람을 지나쳐 갔다. 우리에게 아무 관심도 없었다. 가지런히 쌓여 있는 통과 퇴비 더미를 지나 모퉁이를 돌고 또 돌았다. 나는 방향을 가늠하려고 애썼다.

문화 센터가 있어야 할 자리에 선술집이 있었다. 세로로 길쭉하면서 가운데가 불룩 튀어나온 유리창 너머로 따뜻한 불빛이 새어 나왔다. 깃털 장식 모자 차림의 남자가 안에서 나오자 흥겨운 웃음소리가 골목으로 함께 쏟아졌다. 나인이 선술집의 문을 와락 열었다.

"여길 들어가려고?"

나는 미심쩍은 눈길로 나인을 바라보았다. 사실 선택의 여지가 없었다. [타인들]에게 잡히면 무슨 일이 벌어질지 모르니까.

안으로 들어가자 몹시 시끄러웠다. 아주 다양한 옷을 입은 사람들이 거칠게 깎은 나무 탁자에 둘러앉아 떠들썩하게 술을 마시고 있었다. 몇몇은 땅딸막하게 다부지고, 또 몇몇은 귀가 매우 뾰족했다. 회원들을 미리 만나 보지 않았더라면, 충격적인 모습에 아마 얼어붙었을지도 모르겠다.

그때 창가 구석의 작은 탁자에 앉아 있던 남자가 날카로운 눈으로 우리를 빤히 바라보았다. 그 남자는 손을 들어 우리를 자기 쪽으로 불렀다. 우리는 어차피 뭘 해야 할지 몰랐기에 그 남자에게 다가가서 탁자에 엉거주춤 앉았다.

"아무 말 안 해도 돼."

그가 우리에게 속삭였다.

"너희가 누구를 피해서 도망치는지는 관심 없으니까. 하지만 변장이 필요하다는 건 알겠군."

"무슨 말인지 모르겠네요."

나인이 아무 일도 없다는 듯 느긋하게 대꾸했다. 하지만 남자는 옆에 있는 자루에서 검은 보자기를 꺼냈다.

"은폐용 망토야. 너희가 잠깐 투명인간이 되고 싶다면 빌려줄 수 있지."

나는 남자의 말에 깜짝 놀라 소리쳤다.

"이게 투명 망토라고요? 마법이로군요!"

"똑똑한 녀석이군!"

남자가 두건 아래에서 미소를 지었다.

"어때? 잠시 투명인간이 되고 싶어?"

"정말 친절하시네요."

나인이 검은색 보자기로 손을 뻗었다. 그러자 남자가 보자기를 움켜쥐며 말했다.

"비용은 금화 반 닢이야."

나인이 화를 냈다.

"어딜 가나 돈타령이네."

"마법사도 먹고살아야지. 빨리 결정하는 게 좋을걸."

볼록한 유리창으로 머리 세 개가 흐릿하게 보였다. [타인들]이었다. 나인이 사정했다.

"우린 아무것도 가진 게 없어요. 고귀한 마법사님, 한 번만 봐주시면 안 돼요?"

"지금은 어려운 시절이야. 그리고 난 고귀한 마법사와는 거리가 멀지."

나는 만능 칼을 꺼내 그의 코앞에 내밀고 하나씩 폈다. 칼, 코르크 따개, 드라이버, 손톱 손질용 줄⋯⋯.

"괜찮은 장난감이군. 하지만 금화 반 닢의 가치는 없어."

유리창 너머로 [타인들]이 술집 입구로 다가오는 게 보였다. 나는 만능 칼을 집어넣고 화를 억누르며 휴대폰을 꺼냈다. 그제야 마법사의 눈이 반짝였다. 그가 휴대폰을 받아 옷 아래 감췄다.

"이제 거래가 성사됐다. 자, 탁자 밑으로 들어가거라."

나인이 번개처럼 들어가고 나서 내가 그 뒤를 따르자, 마법사가 검은색 보자기로 우리를 덮었다. 보자기 천을 통해 흐릿하게 바깥이 보였다. 사실 아주 평범한 천처럼 느껴졌다. 이게 바깥에서는 보이지 않는다는 게 믿어지지 않을 지경이었다. 우리는 몸을 붙인 채 쪼그리고 앉아, [타인들]이 술집에 들어와 주위를 훑어보는 모습을 지켜보았다. 셋은 천천히 술집을 돌아보다가 마지막으로 우리 쪽으로 다가왔다.

"우리가 투명인간이 된 걸 몰랐다면 저 사람들이 우리를 빤히 노려본다고 생각했을 거야."

나인이 속삭였다. 이제 그들은 마법사의 탁자 앞에 버티고 섰다. 다프니스는 어깨가 넓은 근육질에 피부색이 검고 고수머리였다. 시아르나크는 작고 다부진 체격이었는데, 날카롭게 그린 눈썹이 상아처럼 빛났다. 포에베는 머리를 비스듬하게 기울인 채 우리를 빤히 보는 것 같더니, 갑자기 발로 우리를 훅 걸어찼다. 하필 내 팔꿈치를! 나는 주먹을 깨물며 비명을 참았다.

"이 아래에 뭐가 있지?"

포에베가 물었다. 나인과 나는 놀라서 서로를 바라보았다. 투명인간이 된다더니, 엉터리 마법사가 우리를 완전히 속였구나!

마법사가 대답했다.

"방금 길들인 악령이 있지. 더는 걷어차지 않는 게 좋을 거야. 내일 시장에서 부유한 구경꾼들 앞에 내놓으려고 하니까. 하지만 너희가 원한다면 지금 봐도 좋아."

보자기 아래에 있던 우리의 놀라움은 곧 경악으로 바뀌었다.

"비용은 금화 4분의 1닢이야."

"웃기고 있네."

포에베가 으르렁거리더니, 우리 앞을 지나 목을 길게 빼고 술집을 한 바퀴 돌면서 두루 살피다가 바깥으로 나갔다. 나인과 나는 머리에서 보자기를 걷어 내고 탁자 아래에서 기어 나왔다. 나인이 소리쳤다.

"우리를 속였어! 하마터면 들킬 뻔했잖아요."

"하지만 들키지 않았어. 안 그래?"

마법사가 차분하게 대답했다.

"당신은 마법을 부릴 줄 모르는 사기꾼이에요!"

나는 화가 나서 소리쳤다.

"마법의 종류는 다양해. 어떤 마법은 거대한 우주의 힘이 필요하지만, 어떤 마법은 상상력만으로도 충분하지. 사람들은 보고 싶은 것만 보니까. 너희는 투명 망토를 원했기 때문에 그걸 본 거야. 너희를 쫓던 사람들은 악령을 보려고 했으니, 망토 아래에서 실제 악령을 볼 수 있었을 텐데…… 아이고, 이런."

그는 멈칫하는 시늉을 하더니 옷을 뒤져 갈색 두꺼비를 꺼내 탁자에 내려놓았다. 온몸에 돌기가 가득한 그 두꺼비는 음험한 눈으로 나를 빤히 노려봤다. 나를 예전부터 알고 있다가 다시 만나서 놀란 듯했다. 갑자기 두꺼비가 힘차게 도약하여 내게로 뛰어올랐다. 나는 깜짝 놀란 나머지, 미처 피하지 못하고 반사적으로 두꺼비를 손으로 움켜잡았다. 그러고는 곧바로 던져 버리려고 했는데, 어느새 내 손에 두꺼비 대신 휴대폰이 쥐어 있었다.

"이런 게 진짜 마법이지. 그렇지만 누구나 배울 수는 없어. 이렇게 강력한 마법 도구를 가지고 있다고 해도 말이야."

마법사가 내 휴대폰을 가리키며 말을 이었다.

"이건 딱히 느낌이 좋지 않군. 내게는 도움보다 해가 될 것 같아. 그냥 가져가."

"으음……, 고맙습니다."

나는 휴대폰을 주머니에 챙겨 넣었다.

"그런데 너희는 이곳 아이들이 아니구나. 다른 나라에서 왔니? 아니면……, 다른 세계에서?"

"뭐, 비슷해요."

나인이 고개를 끄덕였다.

"이제 어디로 가려고?"

"집으로요."

내가 대답했다.

"그 전에 먼저 성으로 가야 해요."

나인이 끼어들었다.

"성? 이 시각에? 해가 진 뒤에는 위급 상황이 아닌 이상 드나들지 못해."

"흐음, 무슨 방법이 없을까요?"

"마녀에게 가 보는 게 좋겠다."

"마녀요?"

"내 오랜 친구지. 진짜 이름을 아는 사람은 아무도 없어. 성 바로 옆의 작은 탑에 사는데, 세상을 방황하는 너희 같은 여행자를 기꺼이 돌봐줄 거야. '일곱 개의 별'이 안부 묻더라고 전해 줘."

우리는 사기꾼인지 마법사인지 아리송한 남자에게 인사를 하고선 선술집을 나섰다. 거리를 지나면서 혹시라도 [타인들]이 있지나 않은지 연방 두리번거렸다. 아직 우리를 찾고 있을지도 모르니까. 아니면 지레 포기하고 초콜릿 우주로 돌아갔으려나.

"아까 그 사람, 어쩌면 판타지 속의 현명한 노인일지도 몰라. 아직 나이가 그리 많아 보이지는 않지만."

내가 말했다.

"현명한 노인?"

나인이 물었다.

"모든 영웅담에는 현명한 노인들이 등장하거든. 결정적인 순간에 영웅을 돕고 중요한 조언을 해 주지. 간달프, 덤블도어, 마스터 요다……."

"처음 들어."

나인이 덧붙였다.

"실제 삶은 어차피 이야기랑 다르게 움직여. 평행 우주라고 해도 마찬가지야. 아니, 평행 우주라서 더 그런지도 모르지."

"유감스럽네."

"나는 어른들에게 도움 청하는 거, 별로라고 생각해. 나중에는 결국 문제만 커지거든. 저 일곱 개의 별이라는 사기꾼도 믿을 만한지 모르겠어."

우리는 꽤 오랫동안 도시 곳곳을 걸었다. 이곳은 우리 우주보다 작았지만 버스를 탈 수가 없으니까. 그래도 몇몇 장소는 금방 어딘지 알아차렸다. 이곳에서는 쇼핑몰이 시장이었고, 버스 터미널에는 당나귀가 끄는 마차가 돌아다녔다. 무엇보다 난쟁이와 오크들이 눈에 많이 띄었다. 다들 초라한 옷차림이었는데, 수레를 끌거나 자루를 지고 다녔다. 내가 입을 열었다.

"오크는 이야기나 게임 속에서 못돼먹거나 위험하게 그려지는데 말이야."

"흠, 이야기는 실제 삶이 아니야. 오크들이 위험하다는 건 완전히 선입견이지. 안타깝게도 이 세계 사람들은 자신이 오크나 트롤보다 낫다고 생각해. 그래서 평화를 사랑하는 오크와 트롤을 노예로 부리고 있어."

"아이고……."

어쩌면 내 우주는 상대적으로 아주 나쁘진 않을지도 모른다. 우리는 [타인들]과 맞닥뜨리지 않고 무사히 성문을 통과했다. 성벽 바깥에서부터 나무가 무성한 숲이 시작되었는데, 저만치에 자그마한 언덕이 솟아 있었다. 핍스가 있는 우리 동네 언덕이 분명했다. 나는 이따금 우리가 사는 건물이 안개 속에서 성처럼 보인다고 생각했다. 신기하게도 여기에서는 정말 성이었다.

"피펜브룬크 게롤도미르 백작의 성."

나인이 나직하게 중얼거렸다. 은빛 구름 조각들 사이로 달이 나오면서 거대한 세 개의 탑에 창백한 달빛이 드리워졌다. 탑들은 서로 돌다리로 연결되어 있었으며, 단단한 성벽이 에워싸고 있었다. 언덕 발치에 버스 정류장이나 매점은 없었다. 코요네 세계에서처럼 튀긴 메뚜기를 파는 천막도 눈에 띄지 않았다. 어두운 나무 우듬지 사이에 비바람에 시달린 탑 하나만 우뚝 솟아 있었다.

"마법사가 말한 마녀를 만나 볼까?"

"나는 그냥 성으로 가서 그르츠샤라츠를 찾고 싶어."

내 의견에 나인이 단호하게 반대했다.

"13층으로 가장 빨리 가는 방법을 그 아이가 알려 줄 거야."

우리는 숲 가장자리에 이르자, 언덕으로 이어지는 좁은 길을 따라 걸었다. 나무줄기 사이로 마녀가 사는 탑이 보였다.

"성으로 들어갈 수 없으면 어떻게 하지? 마녀의 탑을 두드려 보는 게 나을지도 몰라. 아까 마녀가 우리를 들여보내 줄 거라고 했잖아."

"흥, 이미 말했지만 어른들이란……."

그 순간 뭔가가 내 귀를 세차게 스치고 지나가 나무줄기에 휙 들이박혔다. 나인과 나는 깜짝 놀란 나머지, 그 자리에 뿌리박힌 듯 서서 화살을 멍하니 쳐다보았다. 다시 '쉬익' 하는 소리가 들리더니, 내 눈높이에서 깃털이 달린 화살이 날아왔다. 우리는 반사적으로 바닥에 납작 엎드렸다.

"이쪽으로!"

나인이 길 옆으로 몸을 굴려서 덤불로 들어갔다. 나도 나인을 따라 그쪽으로 어렵사리 몸을 굴렸다. 또 다른 화살이 쉬익 소리를 내며 우리 머리 위로 날아가다가 덤불에 툭 떨어졌다. 나는 몸을 구부린 채 나인을 뒤따라 달렸다.

화살이 곡선을 그리며 내 머리 위로 또 날아갔다. 나는 몸을 돌렸다가……, 순식간에 혼자가 되었다. 나인은 어디 있지? 나인을 소리쳐 부르려다가 급히 멈추었다. 그랬다가는 [타인들]에게 발각될 위험만 커진다는 생각이 들어서였다. 그때 누군가 내 어깨를 잡아 아래로 끌어내렸다. 나는 고함을 내지르려다가, 길게 땋은 머리카락을 보고는 얼른 입을 다물었다.

"쉿, 그들이 저쪽에 있어."

나인이 속삭였다. 아나나 다를까, 이십 미터쯤 떨어진 곳에서 덤불이 이리저리 흔들리는 게 보였다. [타인들]이 우리를 발견하지 못한 채 멀어져 가는 모양이었다. 우리는 쪼그려 앉은 채로 살그머니 뒤로 움직였다. 그러다가 내 등이 그만 나무 등걸에 턱 부딪히고 말았다. 놀랍게도 나무가 움직이는가 싶더니 이내 사악한 웃음을 터뜨렸다!

검은색 고수머리의 다프니스였다. 그 옆에서 시아르나크가 활을 겨누고 있었다. 속눈썹에 닿을 정도로 활시위를 팽팽하게 당겼는데, 화살촉이 나인을 겨냥하고 있었다.

"천천히 일어나."

시아르나크가 명령했다. 우리는 순순히 그 말에 따랐다. 곧이어 포에베가 나타났다.

"우리 뒤를 염탐하지 않는 게 좋았을 텐데 말이야. 그랬더라면 너희를 그냥 두었을 거거든. 하지만 이제는……."

포에베의 말에 나인이 분노를 내뿜으며 소리쳤다.

"도대체 왜 이래?"

나는 나인이 이처럼 화를 내는 모습을 처음 보았다.

"크라소미터를 파괴해서 당신들이 얻는 게 뭔데? 차고에 크립토포트를 왜 만들어 둔 거야?"

다프니스가 대답했다.

"모르는 게 나을걸. 어차피 이해하지 못할 테니까. 자, 크라소미터는 어디 있어?"

"말 안 할 거야."

나인이 팔짱을 끼며 대꾸했다. 나도 나인처럼 용감하다면 얼마나 좋을까? 그런데 내 속에서도 생각지 못한 용기가 스멀스멀 피어올랐다. 이 모든 게 그저 게임 같다는 느낌이 들어서일까?

나는 양팔을 활짝 벌리며 말했다.

"여러분, 대화를 나누는 게 좋겠어. 그 무기부터 좀 내려놓는 게 어때? 다들 긴장을 풀고……."

시아르나크가 내 쪽으로 몸을 휙 돌리더니 번개처럼 화살을 쏘았다. 곧이어 화살이 내 뒤쪽 나무에 박히는 소리가 들렸다. 몸을 살짝 돌리는 순간, 오른쪽 팔에 불이 붙은 듯한 통증이 일었다. 화살촉이 스웨터를 뚫고 팔을 스친 모양이었다. 심각한 부상은 아닌 듯했지만 통증이 밀려오면서 무지무지 아팠다.

게임 오버!

저주에 갇힌
[타인들]

나는 왼손으로 오른팔을 누르며 시아르나크를 노려봤다. 시아르나크가 새 화살을 꺼내며 말했다.

"다음 화살은 좀 더 몸 안쪽으로 향할 거다."

나인은 나의 부상을 보고 용기를 잃었는지 기어 들어가는 목소리로 중얼댔다.

"우리가 갖고 있지 않아. 정말이라고. 믿어 줘."

포에베가 싸늘하게 대꾸했다.

"너희들, 어차피 도망치지 못해. 결국은 우리가 크라소미터를 찾아내게 되어 있어."

나인이 이를 악물고 소리쳤다.

"당신들이 어른이라고 해서 우리보다 더 현명하거나 강한 건 아니라고!"

포에베가 말했다.

"아니, 틀렸어. 우리가 이렇게 장담하는 건 어른이어서가 아니라 잃을 게 없기 때문이야. 크라소미터가 파괴되거나, 아니면 우리가…….."

"아니면 뭐? 어떻게 되는데?"

포에베는 내 말에 대답하지 않았다. 갑자기 얼굴이 일그러지더니 온몸을 바르르 떨었다. 힘겹게 활을 들어 올리려 했지만 이내 손에서 굴러떨어지고 말았다. 다프니스도, 시아르나크도 차례로 몸이 굳어 버렸다.

나는 나인과 눈길을 주고받은 다음, 재빨리 다프니스와 시아르나크 사이를 뚫고 달렸다. 덤불을 헤치고 달리다가 하마터면 누군가와 꽈당 부딪칠 뻔했다. 옹이가 있는 가느다란 지팡이를 들고 뭔가를 중얼거리는 할머니였는데, 나는 놀란 나머지 그만 비명을 지르고 말았다.

"마녀, 아니 마법사, 아니 할머니다!"

나는 숨도 제대로 쉬지 못한 채 아무 말이나 내뱉었다. 할머니는 지팡이를 내리고 우리에게 말했다.

"저 사람들은 한동안 움직이지 못할 거다."

"정말 마녀…….., 시군요."

나인의 말에 마녀가 고개를 끄덕였다.

"눈치가 빠르구나. 커다란 초록색 나인, 그리고 케빈……."

"케비예요."

이런 상황에 적합한 말은 아니었지만, 나도 모르게 그 말이 튀어나왔다.

"너희를 오래전부터 기다리고 있었단다. 따라오너라, 그르츠샤라츠에게 데려다줄 테니."

그리고는 몸을 돌려 앞장서서 걸었다. 음, '걷는다'는 건 마땅한 단어가 아닐 수도 있겠다. 나무둥치를 넘을 때마다 우리가 부축을 해야 했으니까. 나는 마녀를 어디선가 봤다는 느낌이 들었지만 정확하게 기억나지 않았다.

나인이 마녀에게 물었다.

"우리를 왜 기다리셨어요? 정말 기다리셨다면, 좀 더 일찍 구해 주시지 그랬어요? 하마터면 죽을 뻔했다고요."

마녀가 미소를 지으며 대답했다.

"너희는 어른에게 도움 청하는 걸 별로 좋아하지 않는다고 들어서 그랬지."

마녀가 나인에게 윙크하며 말을 이었다.

"너희가 어떻게 해내는지 지켜보았지. 그러다 조금 도와주는 것도 나쁘지 않겠다는 생각이 들더구나."

"어쨌든 고맙습니다."

나는 넙죽 인사를 했다. 나인도 고개를 깊숙이 숙였다.

"고맙습니다. 그런데 할머니는 대체 누구세요?"

"나는 이름이 아주 많아. 지금은 그냥 '현명한 노인'이라고 해 두자꾸나."

"네?"

나인과 내가 동시에 소리쳤다.

"모든 이야기에는 늘 현명한 노인이 등장하지. 결정적인 순간 에 나타나 영웅을 도와주고 중요한 조언을 해 주잖니?"

그래서 마녀가 낯익은 걸까? 나인이 다시금 질문을 던졌다.

"그럼 평행 우주도 아세요? 13층은요? 위원회는?"

"너희에게 문제가 되는 건 [타인들] 아니니? 그들이 크라소미 터를 파괴하려는 건 정말 비극이야! [타인들]은 강력한 저주를 받았단다."

"이제 이해가 되네요."

내가 불쑥 끼어들었다.

"포에베가 '크라소미터가 파괴되거나 자기들이⋯⋯,'라고 했 어요. 크라소미터가 파괴되거나, 아니면 자기들이 파괴된다는 뜻이었군요."

"그래, 네 말이 옳아."

나는 현명한 마녀의 말에 자신감이 솟구쳐 올랐다. 반년에 한 번씩이랄까? 어쩌다 수업 시간에 똑똑한 대답을 하고 난 뒤에 느 끼는 기분과 비슷했다.

"[타인들]은 크라소미터를 없애지 않으면 자기들이 파괴된다고 믿고 있어. 하지만 그건 사실이 아니야. 그보단 저주를 풀어야지. 빨리 풀지 못하면 진짜로 죽게 될 거야."

언덕을 오르느라 고개를 들자, 거대한 성문이 우뚝 서 있는 게 보였다.

"어떻게 이렇듯 빨리 왔지?"

나는 손등으로 눈을 비볐다. 마녀가 미소를 지었다. 성문 옆에 쪽문이 뚫려 있었다. 마녀는 쪽문 옆에 달려 있는 종의 줄을 잡아당겼다. 종은 울린다기보다는 달그락거리는 소리를 냈다. 이윽고 쪽문이 활짝 열렸다.

"잠깐만요!"

나인이 지팡이를 들지 않은 마녀의 손을 잡고 물었다.

"[타인들]을 저주에서 구하려면 어떻게 해야 할까요?"

"정말 그러고 싶니? 그들이 죽을 때까지 크라소미터를 잘 숨겨 두면 될 텐데. 그 후에 너희는 자유야."

"무섭긴 하지만, 그들이 죽는 건 원하지 않아요."

나는 단호하게 대답했다. 나인도 고개를 끄덕였다. 마녀는 다른 대답은 기대하지도 않았다는 듯이 머리를 끄덕였다.

"그렇다면 [타인들]을 내게 데려오렴. 내가 그들을 도울 수 있으니까."

"우리가 어떻게 그 네 사람을 할머니께 데려올 수 있겠어요?"

내가 이렇게 묻자 나인이 거들었다.

"이해가 안 돼요. 왜 진작 그들을 돕지 않았나요? 그리고 우리가 왜 [타인들]을 할머니에게 데려와야 하죠?"

마녀가 대답했다.

"내가 그들을 구원하려면, 너희가 그들을 먼저 정복해야 하거든. 게다가 너희는 특수부잖니? 규칙은 규칙이니까."

마녀는 어깨를 으쓱했다. 그러고는 앙상한 손가락으로 다친 내 팔을 잡더니 뭐라고 중얼거렸다. 그러자 화끈거리던 상처의 통증이 순식간에 가라앉았다.

"평행 우주의 이름으로, 곧 만나길 바라마!"

우리는 손을 흔들며 작별 인사를 한 뒤 성 안으로 들어갔다. 초콜릿 우주의 핍스 주차장과 비슷한 성의 안뜰을 지나 가운데 탑의 또 다른 쪽문으로 들어섰다. 드문드문 횃불이 흐릿하게 불을 밝힌 긴 통로 끝에 깊은 수직갱이 입을 벌리고 있었다. 그 앞에 거대한 형체 둘이 몸을 숙이고 서 있었다. 천장이 너무 낮아서 멧돼지 같은 머리를 어깨 사이로 쑥 들이밀고 있었다.

"트롤이야."

나인이 속삭였다. 내 선입견과 달리 온순해 뵈는 트롤들이 수직갱으로 돌아서더니 굵다란 밧줄을 잡아당겼다. 곧이어 커다란 바구니가 덜커덩거리며 내려왔다. 우리가 올라타자 바구니가 위로 올라갔다. 각 층의 창문이 우리를 스쳐 지나 아래로 내려가다가, 어느 순간 바구니가 흔들거리며 멈춰 섰다. 바구니에서 내려 어두운 복도로 들어서자 문들이 줄지어 있었다.

판타스틱 우주 방식의 우리 집이었다! 현관문에는 하트 모양이 새겨져 있었고, 그 안에 낯선 글자가 쓰여 있었다. 나는 문을 두드렸다. 단순하게 생긴 옷을 입은 아주머니가 문을 열었다.

"안녕하세요! 우린……."

아주머니가 몸을 뒤로 돌리고 소리쳤다.

"그르츠샤라츠! 여기 이방인 두 명이 또 왔구나."

절반은 인간, 절반은 오크인 우리 동료가 곧바로 나타났다.

"나인과 케비가 나를 찾아오다니! 진짜 영광인걸. 초콜릿, 가지고 왔어?"

말이라기보다는 꿀꿀거리는 듯한 느낌이 강했지만, 무슨 말인지는 대충 알아들었다.

"엇, 미안! 미처 못 가지고 왔어."

"우리 세계 좀 둘러볼래?"

"사실은 이미 둘러봤어. 이제 집에 가려고."

나인이 대답했다.

"뭐? 내려올 때 왜 미리 이야기하지 않았어?"

그르츠샤라츠는 살짝 기분이 상한 듯했다.

"우린 13층에서 온 게 아니야."

내 대답을 듣고 그르츠샤라츠의 눈이 휘둥그레졌다. 그러다

냅다 소리를 질렀다.

"크립토포트를 발견했구나! 얼른 말해 봐."

"다 말해 줄게. 그런데 지금은 일단 집에 가야겠어. 내일 회의를 소집해서 모든 걸 설명할게."

나인의 단호한 말에 그르츠샤라츠가 곧장 승강기로 안내했다.

"우리 성의 탑도 12층까지밖에 없어. 13층에 가려면 주문을 외워야 해. 오이키마트리스카이데카!"

그런 비슷한 말이었던 것 같다. 바구니가 다시 덜컹거렸다.

"그르츠샤라츠, 고마워! 내일 만나자!"

우리는 위로 올라갔다. 그러다 바구니가 갑자기 멈췄다. 비록 천장은 보이지 않았지만 낯익은 무지갯빛이 우리를 에워쌌다. 바구니에서 나와 상대성 공간으로 들어서자 집에 돌아온 듯이 편안한 느낌이 들었다. 그 옆에 낯익은 패러포트가 보였다.

"해냈다! 정말 굉장한 모험이었어!"

나인과 나는 서로를 세차게 끌어안았다. 그러고는 마주 보며 히죽 웃었다. 나인이 말했다.

"우리끼리 다녀온 걸 알면 교수가 엄청 싫어할 거야."

"그 고민은 내일 하지, 뭐. 너, 먼저 가."

"자, 그럼 내일 만나자."

나는 패러포트에 초콜릿 우주를 입력했다. 이제 바구니가 아니라 지극히 평범한 승강기가 나타났다.

집에 도착했을 때는 8시 30분이 조금 지나 있었다. [타인들] 의 차고에 들어가던 그때쯤이었다. 누나와 엄마는 아직 돌아오지 않았다. 나는 부엌에 홀로 서서 빈 코코아 잔 두 개를 내려다보았다. 나인이 우리 집에 왔다 간 걸 보여 주는 증거였다.

마치 며칠이나 지난 일처럼 느껴졌다. 나는 스웨터를 벗고 거울 앞에 서서 화살이 스친 자리를 손가락으로 조심스럽게 더듬어 보았다. 아무것도 느껴지지 않았다. 모든 게 상상에 불과하다는 생각이 들었다. 하지만 그게 아니라는 증거가 옷걸이에 버젓이 걸려 있었다. 찢어진 스웨터 소매에 피가 말라붙어 있었던 것이다. 나는 욕실로 가서 스웨터의 피를 물로 씻어 냈다.

금요일 남은 저녁 시간에 뭘 해야 하지? 발표 준비를 시작해야 하나? 월요일까지는 끝내야 하니까. 하지만 평행 우주는 나를 혼란스럽게 만들었다. 맞다, 크라소미터가 발표에 도움이 되는지 시험해 보려고 했는데. 빌어먹을!

나는 방으로 달려가 책가방의 내용물을 침대에 모조리 쏟았다. 리더 격인 펜리르가 함께 있지 않았다는 생각이 번개처럼 떠올랐다. 그 시간을 이용해 여기 침입한 걸까? 아니, 그건 불가능해. 이곳 시간은 얼어붙어 있었으니까. 머리가 빙글빙글 돌았다. 시원찮은 내 뇌가 생각하기에는 너무 버거운 일이었다.

칫솔 통을 열고 크라소미터를 꺼냈다. 푸우, 그제야 마음이 놓여 바닥에 철퍼덕 주저앉았다. 신발창, 아니 폴리미터로 문자가 새로 들어왔다. 나인이었다.

재미있었어, 케비. 잘 자.
너도!

나는 얼른 답장을 보냈다. 그렇게 얼마쯤 시간이 흐른 뒤, 현관문에서 열쇠 돌리는 소리가 들려서 시계를 올려다보았다. 10시 반이 조금 안 된 시각이었다. 웬일로 누나가 제시간에 귀가를 했지?

그때 현관에서 누나 목소리가 들렸다. 상냥하면서도 단호한 목소리였다.

"안 돼, 들어올 수 없어."

"흠, 그럼 할 수 없지."

남자 목소리를 듣는 순간, 온몸에 소름이 쭉 돋았다. 펜리르가 누나를 집에 데려다준 것이다! 그가 해결하겠다던 '그 여자'가 우리 누나였다고? 그다음 말에 나는 완전히 숨이 멎을 뻔했다.

"옛날에 쓰던 내 방이 보고 싶었을 뿐이야."

"지금 동생이 자고 있어서. 다음에 보여 줄게."

내 머릿속의 수많은 파편들이 하나의 사건으로 이어졌다.

가짜
크라소미터

수많은 손이 허공으로 치솟았다.

"다시 한번 설명해 줄래?"

한 남자아이가 소리쳤다. 나는 고개를 끄덕인 뒤, 13층 돔형 강당에 모인 얼굴들을 차례로 훑어봤다. 방금 나는 나인과 함께 회원들에게 우리의 모험에 대해 보고했다. 모두 흥미진진한 얼굴로 귀를 기울였지만, 코요와 교수는 표정이 어두웠다. 코요는 같이 가지 못해서였고, 교수는 우리를 막고 싶어서였다. 하지만 내가 어제저녁에 겪은 충격적인 일들에 대해 말하자, 두 사람도 놀라움을 감추지 못한 채 입을 떡 벌렸다.

내가 말했다.

"우리는 [타인들]이 어떻게 그리 빨리 초콜릿 우주를 발견했

느지 의아하게 여겼어. 이유는 간단해. 그들은 이미 초콜릿 우주를 알고 있었던 거야. 펜리르의 고향이니까. 그는 예전에 '우리' 집에, 그러니까 '내' 집에 살았어. 내 방은 예전에 그의 방이었던 거지. 그래서 내가 평행 우주 위원회 회원이 되리라는 걸 알고 있었던가 봐. 내 짐작이긴 한데……, 그들은 예전에 우리랑 같았을 거야. 평행 우주 위원회 회원이었을 거라고. 펜리르는 포에베와 다프니스, 시아르나크와 함께 지금 우리처럼 여기 강당에 모여 앉아 있었겠지."

순식간에 소란이 일었다. 많은 회원들이 탱탱볼에서 벌떡 일어나 목소리를 높였다.

"모두 진정해!"

나인이 팔을 들어 올리며 회원들을 진정시키려 애썼다.

"차례대로 말하자. 자, 파트마?"

파트마가 말을 하기 시작하자 모두들 탱탱볼에 다시 앉았다.

"그들은 너희를 공격하고 케비에게 부상을 입혔어. 어쩌면 죽이려 했을지도 몰라. 마녀가 너희를 구해 주지 않았더라면 무슨 일이 벌어졌을지 어떻게 알아? 그런데 어떻게 그들이 예전에 우리랑 같았다는 거지? 우리 중 누구도 그런 폭력을 쓰지 않아. 안 그래?"

모두 단호한 표정으로 고개를 끄덕였다.

"페페."

나인이 이름을 불렀다. 그러자 저쪽에서 남자아이가 일어나서 말했다.

"우리 중에는 [타인들]을 본 사람이 많아. 본 사람들이라면 분명히 알 거야. [타인들]이 어른이라는 걸. 스무 살 또는 그 이상이지. 그들은 분명히 오래전에 망각에 들어섰을 거야. 그들이 평행 우주의 존재를 어떻게 아직도 알고 있다는 거지?"

나인이 페퍼민트 파이프를 부글거리며 누군가를 찾는 듯이 사방을 둘러봤다. 그러다가 제일 뒤쪽에 앉아 있는 여자아이에게 눈길이 멎었다. 그 아이는 탱탱볼에 쭈그리고 앉아 우울한 눈길로 바닥만 내려다보고 있었다. 나인이 이름을 부르자 깜짝 놀라 몸을 곧추세웠다.

"로리, 넌 우리 중에 가장 나이가 많지? 이제 곧 열일곱 살이고, 거의 삼 년이나 위원회에 참가했어. 그렇지?"

"음……, 그랬지?"

로리의 말은 대답보다는 질문처럼 들렸다.

"위원회에 어떻게 들어오게 되었는지 기억나? 그 당시 회원들도 [타인들]에 대해 이야기했어?"

로리는 자기가 지금 어디 있는지 잊어버린 듯이 놀란 표정으로 주위를 두리번거렸다. 자신이 탱탱볼로 가득한 돔형 강당에 있다는 사실을 이상하게 생각하는 것 같았다.

"어, [타인들] 이야기는 그때도 나왔어. 아마 그랬을 거야. 우린 그때도 크라소미터를 숨겼지. 음, 아닌가?"

로리는 외할아버지를 연상시켰다. 우리는 한 달에 한 번씩 요양원에 있는 외할아버지를 찾아갔지만, 외할아버지는 우리가 누군지 전혀 알아보지 못했다. 자신의 딸인 엄마조차도⋯⋯.

그때 나인이 나를 툭 치며 나직이 속삭였다.

"망각이 시작되면 저렇게 돼. 점차 평행 우주를 말도 안 되는 한때의 꿈이라고 여기게 될 거야. 오래지 않아 우리도 잊겠지."

로리는 이마를 찌푸리며 고개를 떨구고는 다시 땅바닥을 내려다보았다.

"마녀가 [타인들]에게 저주가 내려졌다고 말했다며? 근데 우리는 그 저주가 무엇인지 몰라."

프리실라의 말에 교수가 끼어들었다.

"난 알 것 같아."

회원들이 한꺼번에 교수를 쳐다보았다.

"평행 우주의 규정을 따르지 않기 때문일 거야. 우리 모두 평행 우주에 그 어떤 영향도 끼쳐서는 안 된다는 사실을 알고 있잖아. 오케이?"

교수의 빙빙 돌아가는 안경알이 나를 향했다.

"[타인들]은 망각을 받아들이길 거부했어. 그래서 지금과 같은 모습이 되었겠지. 그리고 우리 중 그 누구도 폭력을 행사하지 않을 거라고 했지만, 안타깝게도 그건 사실이 아니야. 우린 이미 폭력을 행사했어. [타인들]을 미행할 때, 그리고 차고에 침입할 때……. 우린 이미 너무 많은 영향을 끼쳤어. 지금이라도 어서 중단해야 해. 오케이?"

"그런 다음에는?"

코요가 물었다. 강당은 순식간에 쥐 죽은 듯이 조용해졌다. 모두 긴장한 채 교수의 대답을 기다렸다. 로리까지 고개를 번쩍 쳐들었다.

"마녀가 한 말이 사실이라면 문제는 저절로 해결될 테지. 우린 앞으로도 계속 크라소미터를 숨기고 서로 전달해야 해. 지금까지 잘 유지되어 왔으니 앞으로도 그럴 거야. 그러다 [타인들]이 사라지면……. 그래, 이 말이 냉혹하게 들린다는 거 나도 알아."

잠시 정적이 흘렀다. 몇몇 아이들은 경악스런 표정을 지었고, 또 몇몇 아이들은 진지한 표정으로 고개를 끄덕였다.

그때 한 아이가 입을 열었다.

"냉혹하게 들리겠지만, 우린 아무 영향도 끼쳐서는 안 돼. 어떤 일이든 그대로 일어나게 두어야 해."

"헛소리!"

누군가 소리쳤다. 아니, 나였다.

"미안. 널 모욕하려는 건 아니야. 다만, 우리가 아무 영향을 끼치지 않을 수는 없어. 우리가 지금 여기서 [타인들]이 죽게 내버려 두기로 결정하는 것 역시 영향을 끼치는 거야. 크라소미터를 숨기는 것도. 그러니까 사건의 고리가 되는 셈이지."

강당은 다시 소란스러워졌다. 나인이 탁자에 올라가서 소리쳤다.

"좋아, 이 문제를 투표에 부치자."

"뭘 투표해야 하지?"

어떤 남자아이가 묻자 나인이 대답했다.

"우리가 [타인들]을 죽게 놓아둘 건지 아닌지를 묻는 투표야. 그리고 내가 위원회 회장으로 남아 있을지, 그리고 우리가 마녀의 제안을 받아들일지도 함께 결정하자."

"이건 협박이야!"

교수가 새된 목소리로 외쳤다.

"민주주의라고 해 줘."

코요가 교수에게 으르렁거렸다. 나인이 목소리를 높여 물었다.

"내가 계속 회장 자리를 유지하고, 우리가 [타인들]을 죽게 내버려 두지 않겠다는 데 찬성하는 사람?"

나는 얼른 손을 들었다. 코요도 마찬가지였다. 오십 명, 아니 곧 칠십 명의 손이 올라갔다. 나머지도 망설이는 듯하다가 결국 손을 들었다. 급기야 교수도 머리를 흔들며 손을 들었다.

"반대하고 싶지만 어쩔 수 없어서 그런 거야."

교수가 풀이 죽은 채 중얼댔다. 나인은 마음이 한결 가벼워진 것 같았다.

"믿어 줘서 고마워. 특수부가 다음 계획을 세울게. 자, 이제 34 시 간식 시간이야."

박수갈채가 터져 나왔다. 회원들은 배낭이나 가방에서 간식을 꺼내 다른 아이들과 교환하기 시작했다. 내가 의아해하자 코요가 설명했다.

"아직 너한테 설명하지 않았나 봐. 우리는 가끔 특별한 군것질 거리를 서로 바꿔 먹어. 이걸 34시 간식 시간이라고 부르지."

"34시라고?"

나는 이렇게 묻고서 오전 8시 30분에 멈춰 있는 손목시계를 내려다봤다. 내가 승강기에 탄 시각이었다.

"아, 그건 그냥 오래전부터 전해 오는 관용어 같은 거야. 13층에는 시간이 없으니까. 난 구운 메뚜기를 가지고 왔는데, 먹어 볼래?"

"어……, 그래. 고마워."

다행스럽게도 나는 초콜릿과 코코아 한 병을 챙겨 왔다. 한동안—시간이 없는 곳에서 한동안이라는 건 얼마나 긴 시간일까?—수다와 쩝쩝거리는 소리가 뒤섞여 마치 파티가 벌어진 것 같았다. 그러다가 점차 뿔뿔이 흩어졌다. 마침내 나인과 코요, 교수, 나, 이렇게 네 명만 남았다.

나인이 어색한 침묵을 깨고 어렵사리 말을 꺼냈다.

"다시는 우리끼리 일을 벌이지 않을게. 정말이야. 그런데 [타인들]을 어떻게 마녀에게 데리고 갈 수 있을까?"

"아이고, 참 굉장하다."

교수가 비웃듯이 대답했다.

"그들을 제압해서 억지로 마녀에게 데리고 갈 수는 없겠지?"

순간 사기꾼 마법사가 떠올랐다. 그때 뭐라고 했더라? 마법에는 여러 종류가 있다고 했나?

> 어떤 마법은 상상력만으로도 충분하지. 사람들은 보고 싶은 것만 보니까.

"그들에게 덫을 놓을 수 있지 않을까? 자기들이 원하는 걸 우리가 준다고 믿게 만드는 거야."

나는 아이들을 둘러보며 이렇게 말했다.

"크라소미터 말이지? 좋은 생각 같은데!"

코요가 맞장구를 치자, 교수가 반대를 하고 나섰다.

"너무 위험해. 일이 제대로 안 풀리면 크라소미터를 은쟁반에 담아 그들에게 가져다 바치는 꼴이 된다고."

나인이 끼어들었다.

"진짜가 아니라 모조품을 준다면? 그런 게 가능할까?"

나선으로 돌아가는 안경알 때문에 표정이 자세히 보이진 않았지만, 교수의 얼굴이 갑자기 환해졌다. 그 제안이 교수의 과학적

야망을 일깨운 것 같았다. 교수가 곧바로 고개를 끄덕였다.

"오케이, 내가 가짜 크라소미터를 만들어 볼게. 그런데 그들이 덫에 걸린 다음에는 어떻게 하지?"

"어떤 식으로든 가둬야 할 텐데. 마취라도 시켜야 하나?"

교수가 반박하려고 입을 달싹이자, 나인이 나서서 가로막았다.

"마취가 폭력이란 건 알아. 하지만 그렇게 하면 적어도 [타인들]이 우리에게 무슨 짓을 저지르지는 못하잖아. 그다음에 그들을 마녀에게 데려가는 거지."

코요가 대꾸했다.

"그다음엔 내가 움직여야겠네. 판타스틱 우주에서 차를 한 대 구해야겠어. 너희도 알다시피 나는……."

"……어떤 차든 운전할 수 있지."

우리 셋이 이구동성으로 대답했다.

"흐음, 좋아. 어쩌면 성공할지도 모르겠다. 하지만……."

"하지만 뭐?"

교수가 말끝을 흐리자, 나인이 되물었다.

"우린 지금 평행 우주의 운명에 그 어느 때보다도 많은 영향을 끼치려 하고 있어. 이번에 성공하지 못하면 그만두기로 해. 오케이? [타인들]이랑 완벽하게 거리를 두자고. 다들 동의해?"

"뭐, 어쩔 수 없지."

나인과 코요가 동의했다. 셋은 나를 가만히 바라봤다.

"알았어. 뭔가 잘못되면 포기하자."

"오케이, 그럼 따라와. 내 세계로 가자고. 가짜 크라소미터를 만들어야지."

교수가 말했다.

교수는 늘어나는 컴퓨터를 등에 메고 앞장서서 상대성 공간과 승강기로 향했다. 패러포트에 '논리 우주'라고 입력했다. 나는 교수가 사는 우주는 어떤 모습일지 상상해 보곤 했다. 평행 우주 위원회 대부분의 회원들이 사는 세계보다 훨씬 더 발전한 곳이라는 사실은 이미 알고 있었다. 공상 과학 소설에나 나올 법한 도시들이 펼쳐질 거라고 기대했다.

그런데 상상과 달리, 논리 우주는 모든 게 초록색이었다. 완전히 모든 것이. 승강기가 온통 유리로 돼 있어서 주변의 고층 건물들이 고스란히 내다보였다. 핍스와 비슷한 건물이 대부분이었다. 승강기가 12층으로, 11층으로, 10층으로 내려오면서 시내 중심부로부터 외곽으로 넓게 펼쳐진 건물들이 보였다.

고층 건물들은 창문만 빼고 죄다 식물들로 뒤덮여 있었다. 지붕 위로 숲이 무성하게 펼쳐져 있는 데다, 발코니와 창문턱, 벽의 돌출부에는 꽃과 관목과 허브가 흐드러지게 자랐다. 마치 숲속에 숨은 도시 같달까? 게다가 직각이 하나도 없었다. 이곳은 모든 건물이 우아한 곡선을 지니고 있어서 귀퉁이나 모서리가 하나도 없었다.

우리는 금방 현관문에 도착했다. 이곳에도 이미 눈에 익은 하트 표시, 그리고 그 안에 가족 이름이 쓰여 있었다. 그런데 뭔가 잡동사니 같은 신호들뿐이었다.

"네 원래 이름은 뭐야?"

내가 교수에게 물었다.

"내 이름은 @ghkjiz7XyZzzR075,*BOSXRKBN1v332t&87-% 마이어야."

교수가 천천히 대답했다.

"아하, 무척 좋은 이름이네. 그냥 계속 '교수'라고 부를게."

"그래, 좋은 생각이야."

교수가 이렇게 대답하며 현관문에게 명령했다.

"문 열어."

현관문이 부드러운 목소리로 말했다.

"집에 돌아온 걸 환영합니다. 어머니와 누나는 이모 댁에 가셨습니다. 오늘 3,012걸음을 걸으셨군요. 맥박은 82, 체온은 36.3 도로 이상 없습니다만, 감지기가 2분 동안 당신의 신진대사가 1시간 17분 3초만큼 변화했다는 이상 신호를 보내고 있습니다. 이는 불가능한 일이므로 오류 처리하겠습니다."

"알았어, 알았다고."

우리는 성의 없이 대답하는 교수를 따라 집 안으로 들어갔다.

"사람에게 설명하기도 어려운데 현관문에게 설명하기는 더 힘들지."

나는 한숨을 푹 내쉬었다.

"시간이 어떻게 작동하는지 나는 절대 이해하지 못할 거야. 자기 우주를 떠나면 그곳 시간이 멈춘다는 건 알아들었어. 하지만 회원들이 세계를 이리저리 들쑤시고 돌아다니면 그 우주의 시간들이 완전히 뒤죽박죽 뒤섞이게 되잖아. 안 그래?"

교수는 고개를 비스듬하게 기울인 채 아주 멍청한 아이를 보고 있다는 듯한 표정을 지었다.

"시간은 상대적이야. 휘어지고 늘어나고 쪼그라들어. 이해할 필요는 없고 그냥 받아들이면 돼. 오케이? 평행 우주에 대해 아는 게 적을수록 그 규정을 그냥 그대로 받아들이는 게 좋아."

교수는 아직도 화가 나 있는 듯했다. 그걸 보고 나인이 대신 미안한 표정을 지었다. 그사이에 교수는 복도를 지나 부엌문 옆 벽에 있는 터치스크린으로 다가가서 말을 걸었다.

"자동차 비밀번호가 필요해."

"당신의 나이는 지금 14세 5개월 7일 29초입니다."

현관문과 비슷한 억양의 상냥한 목소리가 대답했다.

"운전면허증은 일러야 4년 6개월……."

"그건 이미 우리끼리 다 끝낸 말이잖아."

교수가 그 목소리를 가로막았다.

"우리가 협정을 맺은 대로 비밀번호를 알려 줘."

이윽고 화면에 붉은색 동그라미가 나타났다. 교수가 엄지를 그곳에 올렸다. 그런 식으로 비밀번호 같은 걸 읽는 모양이었다.

"원시적인 세계에서 컴퓨터를 해킹하는 게 훨씬 빠르고 편할 거 같아. 거기서는 적어도 인공 지능이 토론하려고 달려들지는 않을 테니까."

교수의 말에 내가 토를 달았다.

"규정을 받아들이고 어쩌고 하더니……, 너 스스로는 꽤 융통성 있게 행동하는구나."

교수가 갑자기 나에게로 몸을 돌리고는 날카롭게 소리쳤다.

"네가 나를 어떻게 생각하는진 모르겠지만, 난 '예'라고만 대답하는 모범생이 아니야. 하지만 지켜야 할 선을 넘은 적은 없어. 그걸 알 만큼 지적 능력이 높거든."

그러더니 내가 반박할 틈도 주지 않은 채 곧장 고개를 돌리며 중얼거렸다.

"그만두자. 이제 학교 실험실에 들러 가짜 크라소미터를 만들고 마취 가스를 주입해야 해."

나는 도무지 입을 다물고 있을 수 없어서 또다시 질문을 했다.

"잠깐, 오늘은 토요일이야. 토요일인데도 학교에 들어갈 수 있어? 아니면 이 세계에는 주말이 없나?"

코요가 교수 대신 대답했다.

"아스테카 달력을 사용하는 우리 우주 외에는 거의 다 주말이겠지. 그런데 여기 논리 우주에는 수업 시간이 따로 정해져 있지 않아."

"우리는 자신이 원할 때 학교에 가. 당연히 새로운 것을 기꺼이 배울 마음의 준비가 되어 있어야 가능하지."

교수가 덧붙였다. 나는 뭔가 말하려고 입을 달싹이다가 다시 다물었다.

우리는 곧 1층으로 내려가 주차장을 가로질렀다. 이상하게도 이곳 차고들은 하나같이 비좁았다. 우리는 '우리' 차고로 가서 탈것 앞에 섰다. 내부는 평범한 자동차와 놀랄 만큼 비슷했다. 하지만 핸들이 있어야 할 자리에 조이스틱이 여러 개 있었다.

코요가 조종석에 편안하게 자리를 잡자, 자동차가 가볍게 진동했다. 나인과 나는 뒷좌석에 앉았다. 이 자동차가 좁은 문을 어떻게 통과할지 궁금해하고 있던 찰나, 차고 지붕이 열리더니 자동차가 공중으로 가볍게 떠올랐다.

우리는 핍스 위를 날아 시내 방향으로 향했다. 시내로 갈수록 교통량이 많아졌다. 땅과 공중 가릴 것 없이 모두 차들이 다녔는데, 신기하게도 날아다니는 다른 차들을 피할 필요가 전혀 없었다. 그러다가 나는 논리 우주의 교통 시스템이 어떤 원리인지 깨달았다. 우리가 탄 차는 물론, 맞은편이나 좌우에서 오는 자동차들의 비행 고도가 서로 조금씩 달랐다. 방향을 바꾸고 싶은 사람은 우아한 곡선을 그리며 흐름에 맞춰 자연스럽게 끼어들었다. 논리 우주의 하늘에는 모든 것이 가볍게 떠 있는 듯했다.

학교는 금방 알아볼 수 있었다. 운동장 위치로 볼 때 건물의 평면도는 완전히 똑같은 듯했다. 다만 곡선의 아름다움이 돋보이는 신식 건물의 옆면, 그러니까 벽들이 모두 유리로 만들어져 있었다.

자동차는 부드럽게 아래로 내려가 주차장에 자리를 잡았다. 나는 아이들과 함께 빛이 환하게 비치는 강당을 지나갔다. 강당은 열대 식물관을 연상시켰다. 꽃밭과 관목과 종려나무 숲, 작은 연못, 개천, 그리고 그 위에 아치형 다리가 놓여 있었다.

사이사이에 다양한 작업 공간들이 흩어져 있었다. 아이들 몇몇은 이국적으로 생긴 나무의 넓은 잎사귀가 드리워진 소파에 앉아 토론을 했고, 또 몇몇은 홀로그램으로 떠 있는 3차원 수학 방정식을 풀고 있었다. 모든 것이 평화롭고 완벽해 보였다.

그런데 아이와 어른들 모두 안경을 쓰고 있었다. 안경의 모양과 색깔은 다양했지만 모두 빙빙 돌았다. 하루만 이곳에 있어도 머리가 이상해질 것 같았다. 이렇게 완벽한 우주에 살면 혹시 자기도 모르게 오만하고 건방져지는 건 아닐까?

우리는 교수의 손짓에 따라 둥근 탁자를 빙 둘러섰다. 교수가 나에게 말했다.

"크라소미터 가져왔지?"

나는 바지 주머니에서 칫솔 통을 꺼내 뚜껑을 열고 크라소미터를 탁자에 내려놓았다. 책임이 덜어지는 듯한 느낌이 들기도 하고, 뭔가 살짝 아쉬운 기분이 느껴지기도 했다. 음, 크라소미터가 내 과학 발표를 대신해 줄 수 있는지 실험해 보지도 못했는데.

"학교에 온 걸 환영합니다."

탁자 안쪽에서 나오는 목소리가 나지막하게 말했다. 교수가 등에 멨던 컴퓨터를 앞으로 돌려 자판을 두드렸다. 그러고 나서 우리에게 말했다.

"손을 탁자에 올려."

우리 셋은 그 말을 따랐다. 탁자가 복사기처럼 빛을 번쩍 냈다. 우리는 놀라서 얼른 손을 뒤로 뺐다.

"고마워. 그거면 충분해."

교수가 다시 자판을 두드렸다. 탁자에 반짝이는 격자 모양 눈금 선들로 이루어진 그물이 만들어졌다. 그 선들이 위로 올라가 서로 연결되더니 새장처럼 크라소미터를 가두었다. 레이저 광선 같은 걸로 만들어진 새장이었다. 교수가 쉴 새 없이 자판을 두드리는 동안, 새장은 푸른빛 안개구름으로 채워졌다. 그러다가 전자레인지처럼 '땡!' 하는 소리가 울렸다. 격자 그물이 쪼그라들고 푸른 안개구름이 걷히자, 탁자 위에 두 개의 크라소미터가 놓여 있었다.

"어떤 게 진짜야?"

교수가 두 개 중 하나를 나인에게 건네고, 나머지 하나를 나에게 주었다.

"나더러 가짜를 가지라고?"

"네 아이디어잖아. 모든 상황이 네 아이디어 때문이라고."

"그래, 할 수 없지."

나는 교수의 반박에 군말 없이 칫솔을 통에 넣고는 괜스레 헛기침을 하면서 말했다.

"아주 다른 이야기인데 말이야. 내일 모레 내가 학교에서 발표를 하나 해야 해. 빛의 굴절과 각도 뭐 그런 내용인데 난 아무것도 몰라. 여기 분명히……, 그러니까 혹시……."

나는 교수의 눈치를 살피다가 분위기가 험악해지는 것 같아서 얼른 입을 다물었다. 교수의 빙빙 돌아가는 안경알 때문에 최면에 걸릴 것만 같았다. 이윽고 교수가 말했다.

"이 칫솔 모 하나하나에는 강력한 마취 가스가 채워져 있어. 좀 전에 나는 너희 디엔에이를 읽고 여기에 입력해 두었지. 가짜 크라소미터는 우리 네 명 모두 아무 걱정 없이 만질 수 있게 프로그래밍되어 있어. 하지만 다른 사람이 손을 대면 마취 가스가 뿜어져서, 삼 미터 안에 있는 사람을 적어도 한 시간은 깊은 잠에 빠지게 만들 거야."

"천재적이다!"

코요가 외쳤다. 나인과 나도 감탄을 금치 못했다. 다만 우리 세계에서 실수로 통을 열어 보는 사람이 없기를 바랐다. 누나는 그러고도 남을 사람이라서 괜스레 걱정이 되었다.

"그러니까 [타인들] 중 한 명이 가짜 크라소미터를 만지면 우린 한동안 숨을 꼭 참아야 해. 오케이?"

우리는 고개를 끄덕였다.

"그런데 [타인들]을 어떻게 유인하지? 직접 연락해서 크라소미터를 주겠다고 제안해야 하나?"

나인이 고개를 저었다.

"우리가 자발적으로 내 준다고 하면 그들이 믿지 않을 거야. 더구나 어제저녁에 그런 일이 있었으니까 더더욱 안 믿겠지."

코요가 제안했다.

"크라소미터가 판타스틱 우주에 있다는 사실을 몰래 흘려야 해. 그들 스스로 알아낸 것처럼 착각하게 말이야."

교수가 대답했다.

"이론적으로는 그게 옳지. 하지만 실제로 어떻게 해야 하지?"

나는 누나를 떠올리며 대답했다.

"내가 한번 해 볼게."

위험한
작전

"왜 이렇게 되었는지 말해 볼래?"

엄마가 내 앞에 선 채 스웨터를 높이 들어 올렸다. 손가락으로 오른쪽 소매를 쭉 훑었는데, 찢어진 틈으로 썩은 사과에서 벌레가 나오듯이 검지가 쑥 빠져나왔다. 나는 당황한 나머지 말을 더듬었다.

"어, 그게…… 설명하자면 길어요."

"듣고 싶지 않아."

엄마가 퉁명스럽게 말했다.

"죄송해요."

나는 기어 들어가는 목소리로 중얼거렸다.

"머리통은 어차피 새 옷이 필요해요. 더 뚱뚱해졌으니까."

그때 누나가 지나가며 농담을 툭 던졌다.

"아니거든, 이 멍청한 아가씨야!"

나는 누나 등에 대고 소리치며 양손으로 내 배를 꾹 눌렀다. 어제저녁에 다른 우주에서 부지런히 뛰지 않았던가? 그러다 누나가 자기 방으로 들어가기 직전에 급히 불러 세웠다.

"누나, 잠깐! 할 말이 있어."

그러고는 엄마에게 사과를 했다.

"정말 죄송해요. 용돈에서 제할게요."

내 사과에 엄마는 마음이 풀렸는지 미소를 지었다. 그러고는 고개를 갸우뚱하게 기울인 채 나를 유심히 바라보았다.

"네 누나 말이 맞구나. 새 옷이 필요하겠어."

"어, 키가 좀 큰 모양이에요. 몸은 아니고요."

평행 우주를 돌아다닌 후부터 키가 더 커진 느낌이었다. 모험을 하느라 바빠서 뭔가를 배불리 먹을 시간도 없었는데. 누나가 문간에 서서 무슨 일이냐는 듯한 표정으로 나를 바라보았다. 나는 누나 방으로 들어가 문을 잠갔다.

"아이고, 이젠 남매 사이에 비밀이 다 있네?"

엄마가 재미있다는 듯이 복도에서 큰 소리로 외쳤다. 우리가 평소와 달리 서로 욕설을 퍼부으며 다투지 않아서 흐뭇하게 느껴졌겠지. 누나는 침대에 쪼그리고 앉아 호기심 어린 눈빛으로 나를 바라보았다.

"무슨 일이야?"

"누나 새 남자 친구 말이야."

나는 말을 꺼내며 안락의자에 앉았다.

"그 사람은 내 남자 친구가 아니래도? 나보다 나이가 훨씬 많다고 이미 말했잖아."

"어쨌든 그 사람이랑 만나잖아."

"그게 뭐 어때서? 바깥으로 나가서 사람들을 즐겁게 만나는 거지. 너도 방 안에 파묻혀 있다가 서서히 곰팡이나 피는 것보단 그러는 게 나을걸."

나는 진지한 얼굴로 말문을 열었다.

"원래는 누나한테도 말하면 안 되는 건데, 그래도 알려 줘야 할 것 같아서. 그러니까 잘 들어."

나는 평행 우주와의 만남과 [타인들]과의 갈등, 그리고 포에베와 다프니스와 시아르나크에게 공격당한 일 등을 죄다 털어놓았다. 물론 누나는 내가 완전히 돌았다고 여겼지만. 그래도 흥미진진한 표정으로 내 이야기에 끝까지 귀를 기울였다.

"[타인들]은 크라소미터를 절대 손에 넣지 못해. 우리를 노리고 있던 성 앞의 숲에 내일 오전에 파묻어 버릴 거니까. 그들은 크라소미터가 그곳에 있을 거라고는 상상도 못할걸. 참, 다른 사람에겐 이 말을 절대로 해서는 안 돼. 남자 친구인 듯 아닌 듯한 그 남자에게도 말이야. 알았지?"

누나가 일어나서 나에게 다가오더니, 한 손으로 내 이마를 짚으며 물었다.

"너, 어디 아픈 데 없어?"

"아무튼 티모에게 절대로 말하지 말라고."

나는 안락의자에서 일어나 누나 방을 나왔다. 이제 기다리는 일만 남았다. 과학 발표를 준비해야 했지만, 그러기엔 너무 흥분한 상태였다. 교수의 오만한 태도가 계속 신경에 거슬렸다. 그러면서도 불안한 마음이 들기도 했다. 교수가 옳으면 어떡하지? 난 평행 우주를 여행한 지 이제 겨우 일주일 된 새내기인데, 주제넘은 아이디어로 위원회를 완전히 뒤집어 놓았다. 그렇게 생각하자 교수의 기분을 조금은 이해할 수 있을 듯했다.

저녁이 되자 엄마와 누나는 또 외출을 했다. 누나가 제발 펜리르를 만나야 할 텐데. 나는 누나가 그에게 자기 동생이 얼마나 지독한 멍청이인지, 그리고 얼마나 웃기는 이야기를 지어냈는지 어처구니없어 하면서 털어놓는 모습을 상상해 보았다. 펜리르는 신나게 웃으며 맞춰 주는 척하다가, 친구들을 잽싸게 불러 모으겠지?

다음 날 아침, 하마터면 늦잠을 잘 뻔했다. 엄마가 나를 흔들어 깨웠다. 나는 깜짝 놀라 침대에서 벌떡 일어났다.

"네가 이렇게 깊이 잠든 줄 몰랐어. 이모 만나러 갈 건데, 너도 같이 갈래?"

나는 거짓말을 했다.

"아니요, 내일 발표 준비가 급해서요."

"아이고, 똑똑하고 부지런한 우리 케비."

엄마는 미소를 지으며 내 머리카락을 손가락으로 마구 흐트려 놓았다.

"네 누나도 점심 약속이 있다더라. 혼자 있다가 엉뚱한 짓 하면 안 돼. 알았지?"

나는 잠에 취한 채 침대에서 기어 나왔다.

"네, 이모한테 안부 전해 주세요."

십 분 후, 나는 대충 씻은 다음 가짜 크라소미터 통을 챙겼다. 누나는 펜리르와 약속을 한 걸까? 자칫하다간 숲속에 그냥 멍청하게 서 있게 될지도 몰랐다. 물론 펜리르는 초콜릿 우주에서 누나와 만나다가도, 순식간에 판타스틱 우주에 나타날 수도 있다는 걸 잘 알고 있었다.

집에서 나와 승강기에 탔다. 이미 누군가 그 안에 있었다. 로니 형이었다. 형 앞에서 13층이라고 쓰여 있는 껌을 누를 수는 없었다. 그래서 엠레에게 가는 척하며 11층을 눌렀다. 로니 형이 입을 뗐다.

"우리가 엊그제 티모 이야기를 한 거 기억나니? 차고를 빌린 남자 말이야."

나는 일부러 관심 없다는 듯이 심드렁하게 대답했다.

"아, 그랬던 거 같기도 하고. 그런데 왜?"

"네 누나가 티모랑 같이 있는 걸 봤어. 뭔가 좀 이상하던데?"

로니 형이 심각한 표정으로 말했다.

승강기가 8층에서 멎었다. 로니 형이 승강기에서 내리더니 내쪽으로 몸을 돌리고서 덧붙였다.

"혹시나 재키에게 나쁜 짓을 하면 내가 가만두지 않을 거야. 머리통을 갈겨서 일주일은 깨어나지 못하게 만들어 버려야지."

승강기 문이 닫혔다가 3층 더 올라가서 다시 열렸다. 나는 엠레네 집 현관문을 잠깐 바라봤다. 일요일 아침이니까 엠레는 아마도 잠옷 차림으로 게임을 하고 있을 거다. 순간 엠레네 집에서 게으름을 피우고 싶다는 생각이 슬쩍 들었다.

그런데 판타스틱 우주에서 진정한 게임이 기다리고 있었다. 상대성 공간에 올라가자 이미 모두 도착해서 나를 기다리는 중이었다.

"미안, 늦잠을 잤어."

코요가 내 손에 삽을 한 자루 쥐여 주었다. 나인은 곡괭이를 어깨에 메었고, 교수는 삽을 두 자루나 들고 있었다.

"이러면 우리가 정말 뭔가를 파묻으려는 것처럼 보일 거야."

[타인들]이 꼭 나타나야 할 텐데. 누나를 미끼로 이용한다는 내 계획이 너무나 터무니없게 느껴졌다. 하지만 이제 와서 돌이

킬 수는 없었다.

판타스틱 우주에서 그르츠샤라츠가 우리를 성 출구까지 안내했다. 초콜릿을 가지고 왔더라면 좋았을 텐데……. 미처 그 생각을 하지 못했다. 나는 멋쩍은 생각이 들어서 괜히 너스레를 떨었다.

"일이 다 끝나면 내가 파티를 열게. 초콜릿이 흘러내리는 분수가 있는 파티……. 아주 멋질 거야."

"그렇겠지."

교수가 퉁명스럽게 대답했다.

아침 햇살이 중세 도시로 내리쬐었다. 이 세계를 이토록 환한 낮에 보기는 처음이었다. 아침 안개가 숲에 베일을 드리웠다. 우리는 언덕을 내려가 숲으로 들어갔다. 드디어 [타인들]이 우리를 포위했던 장소에 도착했다. 시아르나크가 나에게 쏘았던 화살이 나무줄기에 그대로 꽂혀 있었다. 코요가 나지막하게 말했다.

"어쩌면 그들이 이미 근처에 와 있을지도 몰라."

그럴 수도 있었다. 코요는 교수에게서 삽을 한 자루 건네받아 땅을 파기 시작했다. 나인도 곡괭이를 휘두르며 짐짓 크고 또렷하게 말했다.

"크라소미터를 묻어야 하다니, 정말로 안타깝다. 그래도 여긴 [타인들]로부터 안전하니까."

"맞아, 여기 있으리라고는 상상도 하지 못할 거야."

코요의 대답을 마지막으로 우리 모두 조용히 일을 했다. 선선한 날씨인데도 얼마 지나지 않아 땀이 삐질삐질 났다. 점차 깊고 넓은 구덩이가 생겨났다. 우리가 여기서 얼마나 오랫동안 연극을 하고 있어야 하는지 의구심이 들 즈음이었다.

주변의 나뭇가지가 발에 밟히는 소리가 들렸다. 포에베와 시아르나크는 이번에도 활을 겨누고 있었다. 다프니스는 짧은 쇠사슬 끝에 별 모양 가시가 박힌 철퇴를 움켜쥐고 있었다. 펜리르는 다른 일행의 무기와 어울리지 않게 권총을 들었다.

우리는 삽과 곡괭이를 바닥에 떨어뜨리며 두 팔을 높이 들어 올렸다. 최대한 놀란 표정을 지으려고 애를 썼다. 아니, 실제로 엄청나게 놀랐다. 이 흉흉한 무기들 앞에서 이 모든 상황은 현명한 계획이 아니라 심각한 위협으로 느껴졌으니까.

"뚱보, 네 누나가 인사 전하라더군!"

펜리르가 히죽거렸다.

"나쁜 자식!"

나는 욕을 퍼부었다. 이번에는 연극을 할 필요가 없었다. 포에베가 말했다.

"모두 진정해! 안 좋은 일이 벌어지지 않도록 하자. 크라소미터만 넘겨주고 꺼져."

"그건 안 되겠는데?"

"케비, 어쩔 수 없어. 그냥 줘 버려."

나인이 말했다. 목소리가 자못 떨렸는데, 정말 떠는 건지 아니면 연기를 잘하는 건지 알 수가 없었다. 나는 바지 주머니에서 칫솔 통을 꺼내 바닥에 슬쩍 내려놓았다. 그러고는 두어 걸음 뒤로 물러났다. 펜리르가 통을 집어 들었다. 우리는 재빨리 심호흡을 하고 숨을 멈췄다. 펜리르가 통을 열고 가짜 크라소미터를 꺼내더니 두 눈을 반짝이며 살펴봤다.

"드디어 손에 들어왔군."

그가 나지막하게 중얼거렸다. 시아르나크는 활을 내리고 펜리르 옆으로 가더니, 손으로 부드럽게 크라소미터를 쓰다듬었다. 다프니스와 포에베도 우리 존재를 완전히 잊어버린 것 같았다. 나는 속으로 시간을 쟀다. 이제 곧 [타인들]은 쓰러져서 깊은 잠에 빠져들 것이다. 그때까지 숨을 꾹 참아야 했다.

"우린 이걸 없애야 해."

포에베의 말에 다프니스가 대답했다.

"드디어 잠을 잘 수 있게 되는 거야!"

나는 그가 무슨 말을 하는지 이해하지 못했다. 이제 더는 숨을 참기 어려워서 그들이 제발 정신을 잃기 바랐다. 나인과 교수를 돌아보니, 더 이상 숨을 참을 수가 없어서 어쩔 줄 몰라 하는 표정이었다. 우리 중에서 운동을 가장 잘하는 코요가 고개를 살짝 끄덕여 뒤로 조심스럽게 물러서라는 신호를 보냈다. 우리는 아주 천천히 한 걸음 한 걸음 뒤로 물러섰다. 마취 가스가 약효를 나타내는 데 왜 이렇게 시간이 오래 걸릴까?

그때 시아르나크가 외쳤다.

"이건 진짜가 아니야! 모조품이야! 우릴 속였어!"

[타인들]이 순식간에 우리를 포위하고 무기를 겨누었다. 그때 펜리르가 가짜 크라소미터를 우리 발 바로 앞에 던졌다. 나는 더 참지 못하고 숨을 들이켰는데, 아주 평화롭고 가벼운 느낌이 들면서 나른함이 밀려왔다. 나인이 바닥으로 쓰러지고 교수가 넘어지는 모습과 코요가 나무줄기를 잡으려 하는 모습이 보이더니 시야가 90도로 꺾여 버렸다. 서늘한 이끼와 땅바닥이 부드럽게 얼굴을 스쳤다. 그리고 나는 그대로……

슈뢰딩거 할머니의
고양이

아주, 아주, 아주 추웠다. 그리고 내 머리는 아주, 아주, 아주 무거웠다. 누군가 내 머릿속에 납을 부어 넣은 것 같았다. 머리를 돌리려고 하자 액체 납이 이리저리 출렁거리는 느낌이 들었다. 저 뒤편 수풀 사이에서 교수가 느린 동작으로 몸을 일으켰다. 나인은 막 깨어나는 코요에게 몸을 숙이고 있었다. 나는 머리를 두 손으로 받쳤다. 다행히 뇌는 아직 머리에 들어 있는 듯했지만 끔찍하게 아팠다. 몸을 비틀거리며 자리에서 일어났다.

눈앞에는 우리가 팠던 구덩이가 있었고, 그 안에 뚜껑이 열린 칫솔 통과 가짜 크라소미터가 널브러져 있었다. [타인들]은 보이지 않았다. 나인이 코요의 발을 당기면서 몸을 굽혔다 폈다를 반복했다.

"효과가 없었어. 마취 가스가 왜 [타인들]에게는 듣지 않았던 거지?"

교수가 중얼거렸다. 나인이 심호흡을 하면서 물었다.

"너희들, 이제 좀 괜찮아?"

우리는 고개를 끄덕였다. 끔찍한 두통만 없다면 좋을 듯했다.

"마녀와 이야기를 해야 해."

우리는 나인의 말을 따라 물건을 챙겨서 마녀의 탑으로 향했다. 하지만 굳게 잠긴 나무문은 아무리 두드려도 꿈쩍하지 않았다. 탑을 빙빙 돌면서 소리를 질렀지만 아무 소용이 없었다. 육중한 돌덩이를 층층이 쌓은 탑은 제일 위쪽에만 좁은 창문이 두개 있었는데, 안쪽은 아주 어두웠다.

"아무도 없나 봐."

코요의 말에 나인이 덧붙였다.

"너무 허약해서 아무 데도 못 갈 것 같아 보였는데."

나인이 주먹으로 문을 다시 두드렸다. 코요가 나인의 어깨에 손을 얹으며 말했다.

"이제 다 끝났어."

우리는 어깨를 축 늘어뜨린 채 언덕을 올라 성으로 갔다. 그르츠샤라츠가 잔뜩 긴장한 얼굴로 우리를 맞았다.

"[타인들]이 구원을 받았어? 초콜릿 분수 파티가 기대되는걸."

"아니."

나인이 힘없이 대답했다.

나는 조금 전에 코요가 이제 다 끝났다고 했던 말이 무슨 뜻인지 서서히 깨달았다. 어제 했던 약속이 떠올랐기 때문이다. 성공하지 못하면 여기서 그만두기로 했던 것! 이제 [타인들]이 더는 위협이 되지 않을 때까지 크라소미터를 잘 숨겨 두어야 했다.

상대성 공간으로 돌아오자, 교수가 고개를 저으며 같은 말을 반복했다.

"마취 가스가 왜 작동하지 않았는지 이유를 모르겠어. 하지만 한 가지는 확실해. 우린 졌어. 규정을 위반하면서까지 시도를 했는데……."

나는 입을 다물어야 한다는 걸 알면서도 이렇게 대꾸했다.

"아니, 우린 아직 모르는 게 많……."

"그래!"

교수가 나에게 고함을 버럭 질렀다.

"바로 그거야. 우린 아무것도 몰라! 그런데 끼어들었지. [타인들]에게 어떤 능력이 있는지 전혀 모르면서 말이야."

나는 너무나 화가 났다. 교수에게, [타인들]에게, 그리고 너무너무 멍청한 누나에게. 그리고 그냥 구슬픈 표정으로 옆에 서 있는 코요와 나인에게도 화가 났다.

"우리가 이길 수 없다는 걸 어떻게 알아? 너조차도 모르잖아. 그렇다면 알아내야 해. 오케이? 다시 한번 시도해 봐야 한다고.

오케이?"

나는 교수의 말투를 흉내 내었다. 왠지는 모르지만 교수를 비난할 때마다 은근히 기분이 좋았다.

"네가 그러지 못할 정도로 겁쟁이라면 어쩔 수 없지만. 그래, [타인들]은 우리가 알지 못하는 어떤 힘을 갖고 있을지도 몰라. 하지만 우리에게는 아직 크라소미터가 있어. 그걸 무기로 사용할 수도 있잖아."

교수는 얼어붙은 얼굴로 겨우 세 마디를 내뱉었다.

"난, 겁쟁이가, 아니야."

그때 코요가 끼어들었다.

"케비, 우린 결정을 내린 게 있어. 성공하지 못하면 그만두기로 약속했잖아."

나인도 수습에 나섰다.

"크라소미터를 무기로 사용해서는 안 돼."

그래도 나는 다 끝났다는 걸 인정하고 싶지 않았다. 왜 이렇게 모욕을 당한 기분일까?

"전쟁을 시작한 건 [타인들]이야. 그들이 시작했고, 우린 그저 방어했을 뿐이라고."

교수가 쉿소리를 냈다.

"네가 기필코 전쟁을 원한다면, 기꺼이 서로 죽고 죽이는 너희 우주로 돌아가서 하는 게 어때?"

나도 참지 못하고 고함을 질렀다.

"그래! [타인들]도, 너희도 다 필요 없어!"

나는 화가 나서 발을 쿵쾅거리며 승강기로 가서 패러포트를 눌렀다.

"야, 케비."

나인이 내 어깨를 잡으려고 했지만 나는 그 손을 휙 밀쳐 냈다.

"아니, 그냥 가라고 해. 더 이상 평행 우주를 미련한 하마처럼 쿵쿵거리고 돌아다니며 망가뜨리지 못하도록."

교수가 싸늘하게 말했다.

"교수, 그만해!"

코요가 야단을 쳤다. 하지만 나는 이제 질려 버렸다. 패러포트에 초콜릿 우주를 입력하고 하마처럼 코를 씩씩거리며 승강기에 들어가 6층을 눌렀다. 문이 닫히기 직전에 동료들을 마지막으로 바라보았다. 그러니까……, 영원히 끝이겠지?

왜 이렇게 화가 나는지 스스로도 알 수 없었다. 어쨌든 분노가 너무너무 심하게 차올라서 13이라고 쓰여 있는 껌을 손톱으로 긁어 떼어 냈다.

'흥, 이제 너희가 한 행동의 대가가 뭔지 알게 될 거다. 평생 초콜릿은 못 먹는 거지.'

하지만 바로 다음 순간, 내가 아주 멍청한 짓을 했다는 걸 깨달았다. 껌을 다시 붙이려고 했지만 바닥으로 떨어져 내렸다. 너무 오래되어 돌처럼 딱딱해진 탓에 아무 데도 붙지 않았다. 구역질이 훅 치밀었지만 껌을 주워 바지 주머니에 넣었다. 13층과 평행 우주로 돌아갈 수 있는 가능성을 아예 없애고 싶지는 않았다.

집에는 아무도 없었다. 판타스틱 우주에서 긴 시간을 보냈는데, 유감스럽게도 이곳은 아직 오전이었다. 슬프게도 기나긴 일요일이 고스란히 남아 있었다!

나는 여전히 화가 났다. 낯선 우주의 흙이 묻어 있는 신발을 벗어 아무렇게나 던져 버렸다. 폴리미터가 빠져나와 저만치로 날아갔다. 몸을 숙여 그걸 집었다. 어딘지 모르게……, 죽은 것처럼 보였다. 반짝임이나 진동은 물론, 버튼조차 눈에 띄지 않았다. 이제 아무 반응도 없었다.

빌어먹을, 나는 스스로를 평행 우주에서 몰아낸 셈이었다. 난 왜 그렇게 흥분했던 걸까? 왜 기필코 낯선 세계의 영웅이 되려고 했을까?

그때 전화 벨이 울렸다. 전화기는 하필 왜 지금 울리는 거야? 요즘 유선전화가 울리는 경우는 거의 없는데. 무시하려고 했지만 그럴 수가 없었다. 내 마음속의 무언가가 전화를 받으라고 강요했다.

"아, 케빈. 잘 잤니?"

펜리르였다! 내 심장이 바지 언저리까지 떨어졌다.

"크라소미터를 넘겨받는 데 오해가 있었던 것 같아. 그런 일이

다시 일어나지 않게 하려면 어떻게 해야 하나 궁리를 좀 했지. 어이, 재키. 네 동생한테 인사해."

"케비!"

누나가 외치는 소리가 들렸다. 누나는 지금까지 나를 '케비'라고 부른 적이 한 번도 없었다.

"케비, 제발……, 펜리르의 말을 들어. 그가 뭘 원하는지 모르겠지만 너는 알고 있대. 그게 뭐가 됐든 제발 그냥 넘겨줘!"

나는 귀에 전화기를 댄 채 엄마 방에 그대로 마비된 듯 우두커니 서 있었다. 무슨 일이 일어났는지 제대로 파악하지도 못했는데 펜리르의 목소리가 또 들렸다.

"멍청한 네 누나를 다시 보고 싶다면 크라소미터를 가져와."

"누나는 멍청하지 않아!"

나는 이렇게 고함을 지르고는 나지막하게 덧붙였다.

"지금 내게 없어. 시간을 줘. 뭐든지 할게. 하지만 시간이 필요해."

내가 지금 할 수 있는 일은 아무것도 없는데 왜 시간이 더 필요하다고 했는지는 알 수 없었다. 그래도 스릴러 영화에서는 다 이렇게 시간을 벌지 않던가? 그래, 최소한 곰곰이 생각하고 숨을 쉴 시간은 필요했다.

"지금 크라소미터가 누구에게 있는지조차 몰라."

펜리르가 느긋하게 말했다.

"네가 몇 주 동안이나 다른 우주를 돌아다닌다 해도, 우리 세계에서는 겨우 이 분 정도밖에 안 걸린다는 걸 잘 알고 있어."

"티모, 그게 그렇게 간단하지가 않아."

펜리르는 내가 자신의 본명을 말하자 잠시 당황한 듯했다.

"문제가 뭐지?"

평상시 거짓말을 할 때 어떤 핑계를 댔더라?

"지금 자꾸만 설사를 해. 아주 끔찍하게 심한 설사야."

그러고 살짝 신음 소리를 냈는데, 바로 그 순간 마치 복통을 불러일으킬 수 있는 능력이라도 생긴 듯 배에서 꾸르륵 소리가 크게 울렸다. 펜리르가 웃음을 터뜨렸다.

"너희가 우리를 기절시키려고 했던 마취 가스의 부작용인가 보네."

'더럽게시리, 그런 건 아니라고.'

내가 속으로 생각하는 동안 펜리르가 말을 이었다.

"18시에 우리 차고에서 만나자. 너희는 크라소미터를 가지고 오고, 우리는 네 누나를 데리고 가도록 하지. 우스꽝스러운 안경을 낀 네 친구처럼 첨단 컴퓨터는 없지만, 경찰 컴퓨터를 해킹하는 것쯤은 우리도 쉽게 할 수 있어. 그러니 신고는 하지 않는 게 좋을 거야. 무슨 말인지 알아들었어?"

"알겠어."

나는 엄마 침대에 전화기를 떨어뜨리고 현관으로 급히 달려가 폴리미터를 가져왔다. 그러고는 이리저리 꺾고 비틀어 봤지만 아무 일도 일어나지 않았다. 그저 평범한 신발 밑창에 불과했다.

이번에는 접착제를 들고 승강기로 가서 13이라고 쓰인 껌을 붙여 보았다. 하지만 아무리 눌러도 별다른 일이 일어나지 않았다. 결국 껌이 도로 떨어져 버렸다. 불현듯 크립토포트가 떠올랐다. 그래, 그렇지! 얼른 나인이나 코요, 또는 다른 동료에게 도움을 청하는 거야.

하지만……, 동료들은 나를 돕지 않을 터였다. 그렇게 '약속' 했으니까. 그렇다면 이제 남은 건 엠레뿐이었다. 누나를 어떻게든 찾아서 데려와야 했다. 펜리르는 "네 누나를 데리고 갈게."라고 말했다. 그러니 누나를 차고에 가둬 둔 건 아니라는 뜻이다. 다른 우주로 끌고 간 것도 아니었다. 크립토포트를 아는 사람이 늘어나는 건 피해야 할 테니까. 그렇다면 누나는 이 도시 어딘가에 잡혀 있는 게 확실했다!

나는 신발을 신고 재킷을 입은 뒤 만능 칼을 챙겼다. 무슨 일이 생길지 모르니까.

잠시 후 11층 엠레네 집 초인종을 눌렀다. 예상대로 엠레는 잠옷 차림으로 게임을 하고 있었다. 나는 엠레에게 모든 것을 순서대로 설명하려고 애썼다.

"정신 나간 소리라고 또 말하기 전에 이 모든 걸 그냥 게임이라고 생각해 봐."

엠레는 한참이나 아주 의심스럽다는 눈길로 나를 바라보더니 옷을 갈아입고 따라나섰다. 우리는 8층으로 내려가 로니 형네 집 초인종을 눌렀다.

"형, 티모의 머리통을 힘껏 갈기겠다고 했지? 지금이 그러기에 가장 좋은 때야."

로니 형에게 모든 상황을 설명했다. 로니 형도 내가 정신이 나갔다고 여기는 눈치였지만, 혐오스러운 건달 녀석의 손아귀에서 누나를 구한다는 생각이 꽤 마음에 들었던 것 같다.

"네가 하는 말 중에서……, 일단 재키가 납치된 건 사실이라 치자고. 그러면 어디부터 시작해야 하지?"

형의 말에 내가 다급히 대답했다.

"나는 형이 알 거라고 생각했는데. 음, 티모가 사는 데서부터 시작해 볼까?"

"아니, 난 전혀 몰라. 만난 적이 한 번밖에 없어. 우리 삼촌에게 차고 주인이 누구인지 물어봐서 알게 된 거야. 차고 주인은 분명 티모의 주소를 알고 있겠지? 그런데 회사가 주인인 것 같던데. 오늘은 일요일이니까 연락이 안 되겠군."

"티모는 여기 살았잖아. 그 가족이 어디로 이사했는지 기억하는 사람이 혹시 있지 않을까?"

"슈뢰딩거 할머니에게 물어보면 될 거야. 이 건물에 그 할머니만큼 오래 산 사람은 없으니까."

곰곰이 생각에 잠겨 있던 엠레가 대답했다.

철썩! 나는 손바닥으로 이마를 내리쳤다. 지난 화요일, 평행 우주 위원회에 불려가기 직전에 버스에서 본 장면이 불현듯 떠올랐다. 마치 몇 년 전 일 같았다. 슈뢰딩거 할머니가 버스에서 내게 윙크를 하던 모습이 생각났다. 판타스틱 우주의 늙은 마녀가 왠지 모르게 낯이 익었던 이유가 바로 그 때문이었다!

"자, 1층으로 내려가자!"

나는 다시 승강기에 올랐다. 엠레와 로니 형은 어깨를 으쓱하며 나를 따랐다. 우리는 초인종을 연거푸 눌렀다. 안에서 절뚝이는 소리와 발을 끄는 소리가 들리더니, 새하얀 머리카락의 슈뢰딩거 할머니가 문을 열었다. 보행 보조기를 짚고 있었는데, 집 안에서도 그게 필요한 모양이었다.

"죄송해요. 혹시 저희 때문에 잠에서 깨셨나요?"

내가 물었다.

"아니, 그저 걷는 게 아주 느릴 뿐이란다. 널 기다리고 있었지, 케빈. 아, 케비랬지? 네 동료들과 함께 올 줄 알았는데?"

할머니가 엠레와 로니 형을 빤히 바라보았다.

"이제 동료들은 없어요. 하지만 할머니 도움이 필요해요."

내가 중얼거렸다.

"안으로 들어오렴."

할머니 집은 책으로 가득 차 있었다. 책장이 빼곡하게 서 있어서 빈 벽이라고는 한 군데도 없었다. 부엌도 마찬가지였다. 아마 화장실도 똑같은 모습일 것 같았다. 할머니가 책을 몇 권 옆으로 밀친 후에야, 소파에 쪼그리고 앉을 공간이 생겨났다. 얼핏 살펴보니, 철학과 물리학에 관한 책이 대부분이었다. 리모컨으로 원격 조종할 수 있는 안락의자 옆 바닥에 작은 상자가 놓여 있었는데, 고양이 한 마리가 그 안에서 졸고 있었다.

"우아, 귀엽네요."

로니 형이 밝은 목소리로 외쳤다.

"할머니가 고양이를 키우시는 줄은 몰랐어요. 얘 이름이 뭐예요?"

"글쎄다. 난 그냥 '슈뢰딩거의 고양이'라고 부르는데."

"마녀는 언제나 고양이를 한 마리 데리고 있지요. 그렇죠? 할머니가 바로 마녀예요. 판타스틱 우주의 탑에서도 사시잖아요."

엠레와 로니 형은 어이없다는 표정으로 나를 돌아보았다. 둘은 아마 내가 완전히 미쳤다고 생각할 것이다.

슈뢰딩거 할머니는 커다란 안락의자에 주저앉았다.

"나는 평행 우주의 수호자와 비슷하단다. 완전히 비논리적이지. 원래 인간은 비논리적인 존재라서 일종의 예외가 있는 거야. 여러 세계에 동시에 존재하는 사람은 내가 유일해. 망각에 빠지지 않는 거의 유일한 존재이기도 하고. 나는 이곳에 산 지 오십 년이 넘었어. 펩스가 지어질 때부터 살았지. 이 세계에서든 다른 여러 세계에서든 말이야. 그동안 나는 아이들이 여러 세대에 걸쳐 위원회에 오고 가는 걸 지켜봤어. 위원회에 소집된 아이들은 다양성과 가능성을 즐기지. 그러다가 망각에 빠지면 그 아이들의 우주는 크라소미터에 의해 발견될 때까지 감추어진 채로 있게 돼. 그런데 언젠가 네 명의 아이가 망각에 저항을 시도했어."

"[타인들]이군요! 그런데 어떻게 망각에 저항할 수가 있죠?"

내가 소리치자 할머니가 대답했다.

"그들의 눈이 빨간 게 이상하다고 생각한 적 없니?"

"잠깐……. 잠을 안 자려고 한 건가요? 잠들지 않으면 잊어버리지 않을 거라고 생각해서?"

"바로 그거란다. 그들은 너무 오래 잠을 자지 않아서, 언젠가부터 잠자는 능력을 완전히 잃어버렸어."

"그래서 우리의 마취 가스가 실패한 거군요. 잠을 잘 수 없으니까 마취 가스도 듣지 않았던 거예요."

나는 그제야 깨달았다.

"그게 [타인들]이 겪는 저주란다. 오랫동안 잠을 자지 않고 살 수 있는 사람은 없어. 몸뿐만 아니라 정신과 영혼에도 잠이 필요하거든. 망각도 그렇단다. 새로운 것을 경험하고 겪으려면 우리는 많은 것을 잊어버려야 해. 그 누구도 모든 것을 영원히 기억할 수는 없어."

할머니가 한숨을 내쉬었다.

"이게 [타인들]에게 가르쳐 줘야 하는 진실이야. [타인들]이 받아들인다면 잠을 잘 수 있겠지. 그래, 평행 우주를 잊는 대신 자기 세계에서 제대로 살게 되는 거야. 그런데…… 아까 내 도움이 필요하댔지?"

나는 할머니에게 그동안 무슨 일이 벌어졌는지 설명했다. 동료들이랑 다툰 일과 누나가 납치당한 것, 그리고 펜리르의 협박에 대해 모두 털어놓았다.

"저는 크라소미터를 손에 넣을 수 없어요. 설령 그걸 넘기고 싶다고 해도 그럴 수 없다고요. 그래도 어떻게든 누나를 찾아내야 해요. 이 두 사람이 나를 도와줄 거예요."

할머니가 엠레와 로니 형을 바라보았다. 두 사람은 완전히 넋이 나간 표정으로 소파에 쪼그리고 앉아 나와 할머니의 대화를 듣고 있었다.

"혹시 13층과 다시 연락할 수 있는 방법을 아시나요? 하긴 아신다고 해도 동료들이 나를 도와줄 것 같지는 않지만요. 우리가 더 이상 평행 우주에 영향을 끼치면 안 된다고 확신하고 있으니까요."

할머니가 큰 소리로 툴툴거렸다.

"그렇지만 세상에 아무 영향도 끼치지 않는 사람은 없단다. 우리가 생각하고 움직이고 반응하는 것들이 세계에 영향을 끼칠 수밖에 없으니까. 영향을 끼치지 않으려는 마음이 더 치명적인 결과를 불러올 수도 있어.”

어제 위원회 회의에서 나도 이와 비슷한 말을 했기 때문에 슬며시 웃음이 비어져 나왔다.

“어쩌면 13층과 연결할 가능성이 있을지도 모르지. 하지만 아직 시도해 본 적은 없단다. 게다가 지금은 네 누나에게 신경을 써야 하니, 그럴 시간도 없을 것 같고.”

“할머니는요? 마법을 사용하실 수는 없나요?”

내가 물었다.

“마법은 판타스틱 우주에서만 쓸 수 있지. 마법이란 믿는 사람 눈에만 보이는 법이니까. 미래 우주에서는 내게 새로운 몸을 달아 줄 수 있을 텐데, 안타깝게도 건강 보험 공단에서 비용을 대주지 않더구나. 뭐, 그래도 초콜릿 우주에는 리모컨이 달린 안락의자가 있으니 아주 멋진 일이지. 안 그러니?”

할머니가 버튼을 누르자 안락의자의 발 부분이 올라오면서 등받이가 뒤로 젖혀졌다. 잠시 눈을 감고 있던 할머니가 다시 입을 열었다.

“원래 주제로 돌아가자꾸나. 펜리르라고 이름을 바꾼 티모는 엄마와 함께 이사를 했는데, 그리 멀리 가지는 않았어. 이 도시 안의 다른 주택가로 옮겼지. 고속도로 바로 옆의 녹지대에 주말 농장도 마련했다더구나.”

엠레가 끼어들었다.

"아, 거긴 지금 비어 있어요. 고속도로를 확장하느라 주말 농장을 다른 곳으로 옮길 거래요."

"인질을 숨기기엔 완벽한 장소지."

로니 형이 자리에서 벌떡 일어나며 말했다. 엠레와 나도 소파에서 몸을 일으켰다. 할머니는 안락의자 옆에 있는 보행 보조기를 보며 고개를 끄덕거렸다.

"얘들아, 행운을 빈다. 나는 도움이 되지 못할 거야. 여기선 마법을 쓸 수 없으니……. 일단 네 누나 일이 더 급하니, 다른 일은 그다음에 생각하자꾸나."

엠레가 휴대폰을 꺼내 버스 노선을 검색하기 시작했다.

빛으로 만든
감옥

한 시간쯤 후, 우리는 황폐한 주말 농장이 늘어선 공사장 울타리 앞에 섰다. 소음 방지벽 바로 뒤에 있는 고속도로에서 갖가지 소음이 바람에 실려 왔다. 울타리 출입문은 굵은 쇠사슬로 묶여 있었다. 하지만 울타리를 타넘는 건 전혀 문제없어 보였다.

그 옆의 커다란 안내판에는 '건축 현장, 출입 금지'라고 쓰여 있었다. 주차장에는 빗물이 고여 푹 파인 웅덩이가 널려 있었다. 주차장은 당연히 텅 비어 있었고, 서 있는 자동차라고는 딱 한 대뿐이었다. 낡은 파란색 크라이슬러였다.

"그들이 여기 있어."

나는 나지막하게 말하며 자동차를 향해 고갯짓을 했다. 엠레가 휴대폰을 꺼내 내비게이션 앱을 열었다. 오른쪽으로는 가느다란 도랑이 녹지대의 소음 방지벽을 따라 이어졌다. 그리고 왼쪽은 자전거 도로였다. 한가운데에 있는 납작한 건물의 넓은 지붕이 햇살을 받아 반짝였다.

로니 형이 손가락 끝으로 그 지붕을 가리키며 말했다.

"협회 회관인 것 같아. 우리, 거기서 만나자."

"좋아."

엠레가 대답했다. 나는 둘이서 너무나 자연스레 작전을 짜는 모습을 보고 속으로 조금 놀랐다.

"녀석들은 누군가 침입한다면 입구 쪽에서 올 거라고 예상할 거야. 우리는 뒤쪽과 옆쪽에서 다가가자. 뭔가 움직임이 있는지 살피면서……."

"나는 왼쪽으로 갈게."

로니 형의 제안에 엠레가 대답했다. 로니 형이 고개를 끄덕이며 덧붙였다.

"나는 오른쪽 도랑을 지나 묘지 쪽으로 갈게. 케비, 너도 나랑 같이 옆쪽으로 들어가자. 참, 독단적으로 행동해서는 안 돼. 알겠지? 일단은 그들이 어디에 있는지 알아내는 게 중요해. 그럼 이따 다시 모여서 어떻게 할지 의논하자."

로니 형과 엠레는 곧장 서로 다른 방향으로 발걸음을 옮겼다. 나는 로니 형 뒤를 따라갔다. 무성한 덤불을 헤치면서 가느라 고생스러웠지만, 그만큼 몸을 숨기기에는 좋았다. 전체 구역의 절반쯤 지났을 때, 로니 형이 울타리를 가리키며 말했다.

"여기가 괜찮아 보이네. 이따 만나자."

형은 금세 덤불에 가려 보이지 않았다. 나는 공사장 울타리를 손으로 움켜잡았다. 울타리 간격이 촘촘해서 가로 막대에 발을 올리기가 힘들었다. 울타리 위로 힘겹게 몸을 끌어올리자 덜컹거리는 소리가 울려 퍼졌다. 행여나 들킬까 봐 조바심이 났지만, 다행히 주위에는 아무도 보이지 않았다.

한쪽 다리를 건너편으로 넘긴 다음 나머지 다리를 끌어올려야 했는데, 어설프게 디딘 발로 넘어가려다가 그만 바지가 걸려서 구멍이 뚫렸다. 순간 양손에 경련이 일면서 다리가 후들거렸다. 무서워서가 아니라 힘이 들어서였다. 아주 높은 곳에 있는 것처럼 느껴졌지만 실제 높이는 기껏해야 일 미터 정도였다.

나는 결국 건너편으로 그냥 뚝 떨어졌다. 별로 어렵지는 않았다. 바지에 묻은 먼지를 털고 좁은 길을 따라 걸어갔다.

뒤쪽에서 뭔가 움직인다는 느낌이 들어서 이리저리 길을 꺾었다. 그러다 전기 배전반이나 퇴비통 뒤에 몇 번이고 숨곤 했다. 하지만 아무것도 없었다. 드디어 약속한 협회 회관에 도착했다.

'햇빛 협곡'이라고 적힌 양철판은 한쪽 고정 장치가 떨어져 바람에 가볍게 흔들거렸다. 이따금씩 나지막이 삐걱댔는데, 고속도로의 소음에 불평을 늘어놓는 것처럼 느껴졌다. 회관 건물의 창문은 합판으로 가려져 있었다. 몇 달 전에 열린 '노래의 밤' 초대 소식이 적힌 종이가 빛이 다 바랜 채 바람에 나부꼈다.

엠레와 로니 형은 보이지 않았다. 두 사람은 무언가 알아낸 게 있을까? 두 사람에게 나는 마치 다른 우주에서 모험을 하는 것처럼 비현실적으로 보일 터였다.

이제는 게임이 아니라는 걸 잘 알고 있었다. 교수가 말했듯이, 이건 빌어먹을 '전쟁'이었다. 학교에서 전쟁에 관한 이야기를 들을 때마다 갈등을 폭력과 무기로 해결하려는 사람들의 심리가 도무지 이해되지 않았다.

하지만 스스로 그런 일을 만들고 말았다. 나는 감히 평행 우주를 [타인들]의 손에서 구하려 했다. 구원자 케비, 진정한 영웅! 아마도 그런 꿈을 꾸었던 것 같다. 얼마나 이기적인지. 나는 내일 과학 발표도 완전히 실패할 예정인 핍스 출신의 케비인데.

아무튼 지금은 오늘이 너무나 중요했다. 내일 따위는 어떻게 되든 아무 상관없었다. 누나의 목숨이 달려 있으니까. 건물 모퉁이를 돌자마자 눈앞에 번쩍이는 총구가 나타났다.

"기호 삼 번이군."

펜리르가 히죽거렸다.

"이리 와. 네 누나와 친구들에게 데려다주지."

그가 총구를 흔들며 내가 가야 할 방향을 가리켰다. 나는 오전에 숲에서 그랬듯이 두 팔을 높이 들어 올렸다. 물론 그때는 속임수였지만 지금은 아니었다.

농장 문과 통나무집 문이 모두 열려 있는 곳에 도착했다. 통나무집 창문에도 합판이 못질되어 있었다. 전등까지 꺼져 있어서 몹시 어두웠다. 한쪽 귀퉁이의 긴 의자에 양손이 케이블 타이로 묶인 누나와 엠레, 로니 형이 쭈그리고 앉아 있었다.

그 옆에 다프니스와 포에베가 서 있었다. 엠레와 로니 형이 나를 보고는 이내 실망한 표정을 지었다. 내가 도망쳐서 경찰에 도움이라도 요청했기를 바란 모양이었다.

"휴대폰 이리 내놓고 양손 내밀어."

나는 시아르나크가 시키는 대로 했다. 시아르나크는 휴대폰을 찬장에 넣고 내 손목을 케이블 타이로 묶은 뒤 아주 단단하게 당겼다. 그런 다음 누나 옆에 주저앉혔다.

누나가 속삭였다.

"나를 구하러 오다니……, 너희 정말 용감하다."

"입 닥쳐!"

펜리르가 고함을 지르더니 나를 노려보며 말했다.

"뚱보 녀석, 너는 매번 문제만 만들어."

"나쁜 자식, 내 동생을 그렇게 부르지 마!"

누나가 욕설을 퍼붓자, 포에베가 내게 한 걸음 가까이 다가와 물었다.

"네 동료들은 어디에 있니? 그리고 전혀 관계없는 이 두 명은 왜 끌어들였어? 크라소미터는 도대체 어느 우주에 있는 거야?"

나는 짐짓 목소리를 높였다.

"여기 없어! 이 우주에 없다고. 나는 이제 탈퇴했어. 알아들어? 이 세계와 나머지 우주는 서로 연락할 수 없게 되었다고. 그러니 크라소미터는 다른 세계에서 찾아봐."

"탈퇴했다고? 스스로?"

포에베가 어리둥절한 얼굴로 물었다. 나는 고개를 끄덕였다. 사실 완전히 자발적으로 탈퇴할 의도는 없었다. 아닌가? 두통은 여전히 심했고, 묶인 손목도 무진장 아팠다. 그 바람에 뇌가 텅비어 버렸다.

"13층으로 이어지는 껌을 떼어 냈어. 그때부터 폴리미터도 작동하지 않아."

[타인들]이 당황한 눈길을 주고받았다. 내 말을 믿는 눈치였다. 엠레와 로니 형, 누나도 이제는 내가 했던 말을 사실로 받아들이는 것 같았다.

판타지 소설이라면 모든 걸 털어놓은 지금 이 순간이 구출 작전에서 가장 적절한 때일 텐데. 그런데 정말로 무슨 소리가 들리는 듯했다. 먼 곳에서 윙윙거리는 소리가 나는 것 같기도 했다. 고속도로에서 들려오는 소리일까?

펜리르가 창문가로 가서 합판 사이의 좁은 틈새로 바깥을 내다보았다. 하지만 아무것도 없는 모양이었다. 펜리르가 이내 우리 쪽으로 돌아서서 물었다.

"이제 너희를 어떻게 해야 하지?"

내가 대답했다.

"풀어 줘. 신고해 봤자 경찰은 정신이 나갔다고 할 거야."

엠레도 동의했다. 그때 아까 들리던 소리가 더 가까워졌다. 이제 건물 바로 위에서 들리는 것 같았다.

다프니스가 말했다.

"저게 뭐야? 너희들, 경찰에 신고했어?"

펜리르와 그의 친구들이 바깥으로 달려 나갔다. 우리도 벌떡 일어섰다. 손이 묶여 있어서 비틀거리며 문 쪽으로 달려갔다. 가장 먼저 건물 밖으로 나간 로니 형이 외쳤다.

"지금 내 눈에 헛것이 보이나? 날아다니는 안락의자라?!"

엠레가 더듬거렸다.

"아스테카 여자아이에 땋은 머리가 일 미터쯤 되는 여자아이랑 정신 나간 안경을 쓴 남자아이라니! 우아, 네가 묘사한 것과 아주 똑같아."

슈뢰딩거 할머니의 안락의자가 작은 농장에 착륙할 준비를 했다. 의자 아래에 제트 추진기가 조립되어 있었다. 의자에는 할머니가, 양쪽 팔걸이에는 파이프를 입에 문 나인과 컴퓨터를 든 교수가 앉아 있었다. 코요는 안락의자 뒤쪽에서 제트 추진기가 달린 할머니의 보행 보조기에 선 채 의자를 조종하고 있었다. 우아하게 공중을 날아온 비행 물체가 부드럽게 착륙했다. 우리 모두

―[타인들]을 포함해서― 얼어붙은 듯 그대로 서 있었다.

그때 나인이 안락의자에서 뛰어내리더니 칫솔, 아니 크라소미터를 흔들었다. 칫솔 모에서 교수의 실험실에서 본 것과 같은 레이저 광선이 쏟아져 나와 [타인들]을 빛의 울타리에 가두었다. 마치 감옥 같아 보였다. 포에베가 이리저리 몸을 부딪쳐 보았지만 그대로 튕겨져 나갔다.

펜리르가 괴상한 소리를 지르며 권총을 들어 허공으로 발사했다. 그런데 총알이 발사되는 게 아니라 둔탁하게 '퍽' 소리만 내고 말았다! 세상에, 감옥 안에선 물리 법칙도 소용 없어지는 모양이었다.

처음부터 이렇게 할걸! 평행 우주 위원회의 회원들은 항상 [타인들]을 언급할 때 상자에 가두는 듯한 손동작을 했는데. 이제 정말로 이렇게 가두게 될 줄이야.

그때 코요가 내게로 달려왔다. 나는 몸을 돌려 엉덩이를 내밀며 말했다.

"바지 주머니에 만능 칼이 있어."

코요가 만능 칼을 꺼내자, 나는 다시 몸을 돌려 손을 내밀었다. 코요가 케이블 타이를 잘랐다. 아, 이제 편하군. 나는 손목을 문지르며 말했다.

"너희들, 지금 여기서 어마어마한 영향력을 끼치고 있는 거야. 알고 있어?"

"당연히 알지."

교수가 내게로 다가오며 대답했다.

"우린 시간만 늘리고 꺾는 게 아니라, 이따금 규정도 그렇게 할 수 있다는 걸 깨달았어. 적어도 위급 상황일 때는 말이야. 그리고……, 오늘 내가 좋지 않은 말을 몇 가지 했지. 오케이?"

교수가 내게 악수를 청했다. 나는 그 손을 마주 잡았다.

"오케이, 나도 그랬어. 미안해!"

나는 안락의자와 보행 보조기로 만든 혁신적인 비행 물체를 보며 감탄했다.

"제트 추진기를 거실 안락의자에 조립한 거야? 왜 자동차를 이용하지 않았어?"

나는 놀라운 나머지, 고개를 절레절레 저으며 물었다.

코요가 히죽 웃으며 대답했다.

"제트 추진기를 몰아 보고 싶었거든. 조립하는 데 거의 하루 종일 걸리기는 했지만 말이야. 나랑 나인은 제트 추진기를 개조했고, 교수는 크라소미터로 [타인들]을 가둘 수 있게 프로그래밍했지."

그때 엠레가 끼어들며 소리쳤다.

"전문적인 이야기를 방해해서 미안한데, 누가 우리 손목 좀 풀어 주면 안 되겠니?"

"아이고, 맙소사."

나는 코요에게서 칼을 넘겨받아 엠레와 로니 형, 누나의 손목을 차례로 풀어 주었다. 누나가 대뜸 나를 품에 안더니 귓가에 대고 속삭였다.

"머리통, 고마워. 나를 위해 이렇게까지 하다니."

"아! 우리 누님, 별말씀을. 이런 일이 다시 생겨도 똑같이 할 거야."

나도 속삭이듯 대답했다. 그러고는 쑥스런 마음이 들어서 누나를 슬그머니 떼어 놓았는데, 누군가가 또다시 나를 품에 안았다. 이번에는 나인이었다.

"우린 널 잃어버린 줄 알았어. 초콜릿 우주와 연결이 끊겼다는 걸 크라소미터가 알려 주더라. 그래서 네가 13층 버튼을 떼었다는 사실을 알았지. 우린 크립토포트를 통해 여기로 오려고 민트 우주에서 차고로 들어갔어. 그 덕분에 초콜릿 우주에 도착하자마자 포에베와 시아르나크가 차에 오르는 걸 보았지. 둘의 대화를 엿듣고 네 누나가 납치되었다는 사실을 알게 된 거야. 그와 동시에 현명한 마녀가 여러 세계에 살고 있다는 것도 알아냈고. 우린 슈뢰딩거 할머니의 안락의자와 보행 보조기를 갖고 논리 우주로 이동했어. 그래야 이곳의 시간이 흐르지 않을 테니까. 논리 우주에서 종일 작업을 하고 크라소미터를 조정했지……. 그렇게 해서 여기까지 오게 된 거야."

나인이 환하게 웃었다. 나도 마주 보고 웃어 주었다. 그때 엠레가 끼어들었다.

"한마디도 못 알아듣겠네. 그냥 네 친구들이나 소개해 줘."

"물론이지."

나는 모두를 서로에게 소개했다. 그러는 동안 슈뢰딩거 할머니는 주말 농장 한가운데에서, 제트 추진기가 달린 안락의자에 앉아 꿈꾸는 듯한 미소를 지으며 이 모든 걸 지켜보았다.

바로 그때, 감옥에 갇힌 다프니스가 외쳤다.

"이제 우리를 어떻게 할 거야?"

"집에 가서 푹 자는 게 제일 좋겠다."

할머니가 느긋하게 대답했다.

"그럴 수 없다고요! 다들 알겠지만 우린 크라소미터가 파괴되어서, 평행 우주들끼리 더는 연락이 안 될 때만 다시 잠들 수 있단 말이에요."

시아르나크가 항의하자 할머니가 [타인들]에게 말했다.

"너희는 이제 평행 우주를 놓아주는 법을 배워야 해. 그건 아이들을 위한 거야. 우리 같은 어른을 위한 게 아니지. 너희는 그걸 인정해야 한단다."

"하지만 우린 망각에 빠지고 싶지 않아요."

다프니스가 고집스럽게 투덜거렸다.

"우린 헤어져서 각자의 세계에 갇혀 지내고 싶지 않아요. 다 함께 여기저기 돌아다니고 싶다고요."

"너희는 평행 우주를 너희 내면에서 발견하는 방법을 배워야 겠구나."

슈뢰딩거 할머니의 목소리는 나긋나긋하면서도 무척 위엄 있게 들렸다. 이제야 옛이야기에 등장하는 현명한 노인, 수천 개의 세상에 살면서 수많은 이름으로 불리는 마녀 같아 보였다.

"시공간 차원에 대해서 너희가 알고 있다고 생각하는 걸 모두 잊어 봐. 양자 물리학은 이루 말할 수 없이 복잡해. 그러니 각각의 우주가 서로 다른 곳에 있다고 딱 잘라 말할 수 없어. 모든 우주가 사방에 동시에 존재하지. 자, 너희 모두 상상해 보렴. 파란색과 흰색 티셔츠 중에 뭘 입을지, 또는 후식으로 아이스크림을 먹을지 사과를 먹을지, 그리고 횡단보도의 빨간색 신호에 멈춰야 할지 그냥 길을 건너야 할지 말이야. 이때 너희는 아마도 단한 개의 결정밖에 할 수 없다고 생각할 거야. 이거 아니면 저거."

"글쎄요, 난 아이스크림과 사과를 동시에 먹을 수 있어요."

내 대답에 누나도 덧붙였다.

"파란색, 흰색 티셔츠 두 장을 겹쳐 입어도 되지요."

할머니가 고개를 끄덕였다.

"그럼 횡단보도에서 신호를 기다리면서 동시에 길을 건널 수 있겠니?"

로니 형은 머리를 긁적이고, 코요는 어깨를 으쓱했다. 교수가 소리쳤다.

"무슨 말인지 알겠어요! 우리가 선택의 순간에 둘로 갈라지는 거예요. 하나의 우주에서는 신호등 앞에 그냥 서 있고, 다른 우주에서는 길을 건너는 거예요. 내가 두 사람이 되는 거죠. 아주 조금 다른 두 사람. 그러니까 어떤 결정을 내리거나 변화가 있을 때마다 매번 그렇게 또 다른 내가 생기는 거예요."

"그러면 다른 우주에서는 신호등이 빨간 불일 때 길을 건너다 자동차에 치일 수도 있겠네요. 그런 뜻인가요?"

엠레가 묻자 슈뢰딩거 할머니가 대답했다.

"그럴 수도 있지. 그렇게 되면 너희는 그 세계에서 아마 남은 생을 내내 휠체어에 앉아서 보내게 될 거야. 그럼 결론이 어떻게 될까?"

아무도 대답하지 않자 할머니가 말을 이어 갔다.

"휠체어에 앉아 있는 사람을 보면, 너희는 언제나 그 사람이 너희일 수도 있다고 생각해야 해. 타인은 누구든지, 그리고 언제든지 너희 자신이 될 가능성이 있거든. 그 사람들이 아주 가까운 곳에 살든, 아니면 멀리서 바다를 건너왔든, 그것도 아니면 태평양 한가운데 섬에 살아서 너희와 평생 만나 볼 수 없다 하더라도, 모두 너희 자신일 수 있는 거야. 그러니 평행 우주는 우리 '안'에 있는 셈이지."

할머니는 뼈만 남은 양손으로 안락의자 팔걸이를 짚고 힘겹게 몸을 일으켰다. 그리고 아주 천천히 한 발씩 내디뎌 [타인들]

앞으로 다가갔다. 물론 다들 무기를 내려놓은 지 한참 지난 때였다. 네 명은 아무 말 없이 할머니를 빤히 바라보기만 했다.

"울타리를 열어 다오."

할머니가 말했다. 나인이 크라소미터를 들고 교수에게 고갯짓을 했다. 교수가 컴퓨터를 조작하자, 빛나던 감옥이 무너지면서 사라졌다. 할머니가 다가가 처음에는 펜리르와 포에베의 어깨에, 그다음에는 시아르나크와 다프니스의 어깨에 손을 얹었다.

"망각은 무척 슬프지, 그 어떤 것보다도."

슈뢰딩거 할머니는 힘겹게 고개를 끄덕였다.

"하지만 그렇게 해야 해. 생각해 보렴. 너희가 모든 세상에서 산다면, 그건 어느 곳에서도 제대로 살지 않는 거나 마찬가지야. 너희가 사는 각자의 세계에도 너희의 용기와 상상력이 필요해. 평행 우주를 잊어버린다고 해도 한 가지는 너희에게 여전히 남아 있을 거야. 그건 바로 삶의 다양성을 향한 사랑이지."

포에베가 침을 꿀꺽 삼켰다. 펜리르가 한숨을 쉬며 말했다.

"얘들아, 난 이제 정말 제대로 잠을 자고 싶어."

그러고는 히죽 웃었다. 다프니스가 고개를 끄덕였다. 포에베가 코를 훌쩍거리더니 이렇게 대답했다.

"그럼 너희를 이제 못 보는 거야? 빌어먹을……! 맞아, 푹 잘 수 있다면 정말 좋겠어."

시아르나크는 한참을 말없이 고민하다가 할머니에게 말했다.

"할머니 말씀을 믿을게요."

우리 모두는 그렇게 길을 떠났다. 일요일 오후, 인적이 뜸한 산업 지구에서 이루어진 괴상한 행렬이었다. 크라이슬러를 탄 타인들은 로니 형과 누나를 태워 주었다. 나는 동료들과 (이제 다시 동료가 된 거 맞겠지?) 슈뢰딩거 할머니, 엠레와 함께 코요가 운전하는 널찍한 안락의자에 올랐다.

얼마 후 차고 문이 나타나자 펜리르가 상대성 공간을 열었다. 상대성 공간을 처음 보는 엠레, 누나, 로니 형은 현란한 색깔에 감탄했다. 우리는 간격을 유지하며 차고 입구에 서 있었다.

그 후에 일어난 일은 내 마음마저 슬픔에 잠기게 만들었다. 우리의 추격자, 그 강인해 보이던 '적'이 눈물을 보인 것이다. 네 명은 서로를 꽉 부둥켜안고 오랫동안 작별 인사를 나누었다. 물론 그들이 함께 지낸 시간에 비하면, 상대적으로 무척이나 짧은 순간이었을 것이다. 제일 먼저 다프니스가 고향으로 떠났고, 포에베와 시아르나크도 차례로 자기들의 세계로 떠났다.

나는 그다음이 우리 차례라는 사실을 깨닫고 불현듯 마음이 아파 왔다. 조금 전에 타인들이 그랬던 것처럼, 나인이 나를 세차게 끌어안았다. 엊그제 판타스틱 우주에서 모험을 끝내고 돌아왔을 때보다 훨씬 더 세게.

"네가 다시 13층으로 돌아올 수 있는 방법이 있는지 우리가 찾아볼게."

나는 눈물을 참느라 아무 말도 하지 못하고 고개만 끄덕였다. 그다음엔 코요가 나를 안아 주었다. 잠시 망설이던 교수도 나를 끌어안고서 이렇게 말했다.

"케비, 잘 지내. 또 만나자."

그때 코요가 교수를 툭 쳤다.

"케비한테 줄 거 있잖아."

"아, 맞다. 하마터면 잊을 뻔했어."

교수가 자그마한 유에스비를 꺼내 나에게 건넸다.

"내일 멋진 발표 기대할게. 물론 초콜릿 우주의 원시적인 컴퓨터에서도 잘 작동할 거야. 좋은 시간 보내길 바란다!"

그런 다음 차례로 크립토포트를 통해 자신들의 우주로 돌아갔다. 나는 잠시 움찔했다. 크립토포트를 그냥 열어 두면 안 될까? 다른 세계를 선택하고 망각이 올 때까지 계속 산다면?

나는 그렇게 생각하면서 엠레와 누나, 로니 형을 바라보았다. 아이고, 세상에 이런 꼴불견이라니. 누나와 로니 형이 손을 꼭 잡고 있었다. 그러니까……, 아니다. 아주 멋진 장면이다. 다른 우주에서는 어떨지 모르겠지만, 우선 여기에선 말이다.

맞다. 이들은 내 친구고, 가족이고, 나는 여기에 산다. 크립토포트는 평행 우주에도 위협이 된다. 나는 그대로 선 채, 평소와 달리 입을 꾹 다물었다.

이제 펜리르, 그러니까 티모가 상대성 공간에 들어가 깊은 한숨을 내쉬더니 권총을 꺼냈다. 그러고는 크립토포트의 분전반을 향해 총을 발사했다. 건너편 폐허 어딘가에서 놀란 새 한 마리가 하늘로 급히 날아올랐다. 곧 무지갯빛이 사라졌다. 티모가 상대성 공간에서 나와 문을 닫고 몸을 돌리자, 순식간에 문이 사라지더니 벽만 남았다.

티모가 중얼거렸다.

"아이고, 이제 자러 가야겠다. 뭐, 몇 년이나 못 잤으니 삼십 분쯤 늦게 잔다고 큰일이 나는 건 아니겠지."

그러고는 차를 향해 고개를 끄덕였다.

"가자, 집에 데려다줄게."

우리는 자동차 뒷좌석을 젖히고 안락의자와 보행 보조기를 실었다. 그러고는 슈뢰딩거 할머니를 조수석에 태운 다음, 운전자인 티모만 빼고서 뒷좌석에 옹기종기 욱여 앉았다. 아마도 교통 규정을 어기는 일이겠지만, 그 깐깐한 교수조차 규정을 무시했으니 우리도 한 번쯤은 용서받지 않을까.

나는 현명한 마녀인 할머니에게 몸을 기울이며 물었다.

"아까 말씀하신 거요. 무슨 말씀을 하시려던 거예요? 이웃을 존경하고, 다양성을 위해 더 많은 일을 해야 한다는 건가요?"

할머니가 몸을 돌려 피곤한 얼굴로 나를 바라봤다. 하지만 잠깐 빙긋 웃고는 장난기 어린 표정으로 되물었다.

"넌 언제까지 다른 사람을 통해 교훈을 얻으려는 거냐?"

"하지만 이런 이야기에서 현명한 노인들은 언제나……."

할머니가 대답했다.

"그건 이야기 속에서나 그렇지. 실제 삶에서는 스스로 교훈을 얻어 내야 해. 그러니 나더러 뭘 '배워야 할지' 그만 물어봐."

라디오에서 흘러나오던 노래가 교통 방송 때문에 중단됐다.

고속도로 바로 옆에서 발견된 미확인 비행 물체는 이제 사라졌습니다. 아마도 불법 열기구였을 거라고 추정됩니다.

나는 할머니에게 또 몸을 숙이고 물었다.

"13층으로 돌아갈 방법이 있나요?"

"그럼, 있고말고……. 그 이야기는 내일 하자꾸나. 난 정말이지, 무척…… 피곤하구나."

할머니가 하품을 했다. 티모는 더 크게 하품을 했다. 하품은 확실히 전염성이 있었다. 우리 모두 긴장감이 풀어지는 걸 느꼈다. 눈에 익은 주차장에 도착한 뒤, 안락의자와 보행 보조기를 내려놓았다. 잠깐 차를 타고 오는 사이, 할머니의 얼굴이 십 년은 더 나이 들어 보였다. 집에 들어가지도 못할 만큼 지쳐 보였다.

"안락의자에 조금 더 앉아 있고 싶구나."

할머니 목소리가 너무 작아서 잘 들리지 않았다. 할머니가 내게 고개를 돌리고서 말했다.

"내일 학교 끝나고 들르렴. 평행 우주로 다시 돌아가는 방법은 그때 이야기하자꾸나."

우리는 할머니와 작별 인사를 했다. 티모, 그러니까 펜리르와도 작별했다.

"좀 우습게 들릴지 모르겠지만, 다들 고맙다."

그가 중얼거렸다. 내가 히죽 웃으며 대답했다.

"우습게 들리지 않아요. 푹 자길 바랄게요."

우리는 승강기에 올랐다. 누나와 나는 6층에서 엠레, 로니 형과 헤어졌다. 집에 들어선 직후에 엄마가 돌아왔다.

"재키, 꽤나 지쳐 보이네. 약속이 그렇게 흥미진진했어?"

"뭐, 그랬다고 할 수 있어요."

누나가 대답했다.

"케비, 너는? 내내 게임만 했어? 아니면, 혹시 발표 준비를 끝낸 거야?"

"조금씩 다 했어요."

나는 이렇게 대답하며 바지 주머니에 들어 있는 유에스비를 만지작거렸다.

내 안의
평행 우주

정말 완벽했다! 내 발표 말이다. 교수가 준비해 준 자료가 훌륭했을 뿐 아니라, 나도 모든 질문에 대답할 수 있었다. 언제였더라, 아무튼 초등학교 졸업 이후로 처음 'A⁺'를 받았다. 아마 평행 우주 위원회에 가입한 게 발표에 도움이 된 듯했다.

오후 무렵, 나는 집으로 가는 버스에 앉아 있었다. 이번에도 뒤쪽 좌석에 같은 동네의 세 남자아이가 타고 있었다. 슈뢰딩거 할머니가 뭐라고 했더라? 타인은 나 자신일 가능성이 있다고 했나? 오늘은 앞쪽 장애인 좌석이 텅 비어 있었다.

버스가 종점에 도착하자, 나는 책장을 덮고 급히 버스에서 내렸다. 그러고는 황금빛 햇살을 받으며 언덕을 천천히 걸어 올라갔다. 평행 우주의 동료들도 지금쯤 집으로 돌아가는 중일까? 코요는 집에 들어가기 전에 또 메뚜기 튀김을 사려나? 나인은 버스를 타고 얻은 포인트로 기뻐하고 있을까? 교수는 자신의 현관문과 입씨름을 하고 있진 않겠지?

나는 13층으로 돌아갈 수 있기를 무척이나 바라고 있다는 사실을 다시금 뼈저리게 느꼈다. 할머니가 길을 알려 주면 참 좋겠다, 길을…….

우리 건물 앞에 새빨간 구급차가 서 있는 게 보였다. 나는 무슨 일인지 바로 알아차렸다. 나쁜 예감을 느꼈다는 게 아니라 그냥 알 수 있었다. 사실 어제 할머니 얼굴에서 이미 알아봤다고나 할까. 구급대원들이 아무도 실려 있지 않은 들것을 세로로 세운 채 건물에서 나왔다. 어두운 색 정장을 입은 남자 두 명이 관을 들고 그 뒤를 따라 나왔다.

나는 장의차로 다가가 물었다. 무슨 일인지 알고 있는데도 무릎이 덜덜 떨렸다.

"혹시……, 슈뢰딩거 할머니신가요?"

"그래."

두 남자 중 한 명이 대답했다.

"할머니의 이웃이니? 할머니의 유족을 찾는 중이야. 혹시 네가 알고 있을까? 자녀 혹은 손주라도 말이야."

'최소한 팔십 명은 될 거예요.'

나는 속으로 대답했다. 할머니는 수호자가 필요하지 않다고 누누이 말했지만. 평행 우주에는 필요 없을지 몰라도 나한테는 수호자가 필요했다. 그런데 할머니가 이제 없다니! 이건 말도 안 되는 소리였다.

나는 고개를 저으며 대답했다.

"죄송하지만 저는 잘 몰라요."

그러고는 사람들을 지나 건물로 살그머니 들어갔다. 할머니가 어제 일을 해결하기 위해 죽음마저 미루고 있었다는 생각이 들었다. 타인들이 잠을 잘 수 없었던 것과 마찬가지로, 할머니 역시 타인들을 각자의 우주로 돌려보내기 전에는 눈을 감을 수 없었던 게 아닐까?

이젠 새로운 수수께끼에 대해 함께 이야기할 사람이 없었다. 나는 이제 평행 우주와 완전히 차단되고 말았으니까. 13층으로 돌아갈 길이 없었다. 실낱같던 희망—설령 방법이 있었더라도—은 이제 할머니와 함께 사라져 버렸다. 남은 거라고는 평행 우주의 수호자이자 현명한 마녀였던 할머니의 충고를 실행에 옮기는 것뿐이었다.

'내 안에서 다른 우주를 발견하는 일' 말이다.

초콜릿
가지고 와!

나는 승강기에 올랐다. 13층이라고 적힌 껌을 처음에는 전혀 알아채지 못했다. 늘 거기 붙어 있었기 때문에 알아보는 데 시간이 좀 걸렸다. 그다음에는 벽에 붙어 있는 쪽지가 보였다! 세상에, 쪽지에 내 이름이 쓰어 있었다.

케빈

나는 떨리는 손으로 쪽지를 펼쳤다. 나인의 글씨였다. 단 세 마디뿐이었다.

초콜릿. 가지고. 와!

케빈과 민트 우주공항의 나인

첫판 1쇄 펴낸날 2022년 5월 20일
2쇄 펴낸날 2022년 11월 11일

지은이 크리스티안 링커 **옮긴이** 전은경
발행인 김혜경 **편집인** 김수진
주니어 본부장 박창희
편집 길유진 진원지 강정윤
디자인 전윤정 김혜은 **마케팅** 최창호
경영지원국 안정숙
회계 임옥희 양여진 김주연

펴낸곳 (주)도서출판 푸른숲
출판등록 2003년 12월 17일 제2003-000032호
주소 경기도 파주시 심학산로 10, 우편번호 10881
전화 031) 955-9010 **팩스** 031) 955-9009
홈페이지 www.prunsoop.co.kr **이메일** psoopjr@prunsoop.co.kr

ⓒ 푸른숲주니어, 2022
ISBN 979-11-5675-330-8 44850
      978-89-7184-419-9 (세트)